KB269571

풍경이 있는 민박집

풍경이 있는 민박집

이준우 지음

그리움의 끝에서

풍경이 있는 민박집

좋은땅

은퇴한 중년 남성들은 유유자적 시골 생활을 꿈꾼다. 하지만 막상 시골 생활을 해 보면 그다지 낭만적이지 않다고 한다. 봄이면 마당 한쪽에 붙박이처럼 자리 잡은 텃밭을 가꾸어야 하고, 장마철에는 지붕을 손봐야 한다면서 말이다. 그럼에도 나는 한적한 시골 생활을 준비하고 있다.

그곳에서 나는 자연에 순응하며 살고 싶다. 마당에 숨어 자란 들풀조차 가꾸면서 순하게 살고 싶다.

2020/05/05

차례

풍경이 있는 민박집 ⸺⸺⸺⸺⸺⸺⸺ 8

시월의 손님 ⸺⸺⸺⸺⸺⸺⸺⸺ 15

그리움의 끝에서 ⸺⸺⸺⸺⸺⸺⸺ 27

첫사랑 ⸺⸺⸺⸺⸺⸺⸺⸺⸺⸺ 47

그리움이었음을 ⸺⸺⸺⸺⸺⸺⸺ 72

이별 ⸺⸺⸺⸺⸺⸺⸺⸺⸺⸺⸺ 100

오랜 설움과의 대면 ⸺⸺⸺⸺⸺⸺ 116

봄날을 꿈꾸며 ⸺⸺⸺⸺⸺⸺⸺⸺ 130

너의 첫사랑 ⸺⸺⸺⸺⸺⸺⸺⸺ 146

또다시 그리움이 ⸺⸺⸺⸺⸺⸺⸺ 153

봄밤에 빛나는 별 ⸺⸺⸺⸺⸺⸺⸺ 176

그녀의 일기 ⸺⸺⸺⸺⸺⸺⸺⸺ 185

나의 가슴은 텅 비었다 ⸺⸺⸺⸺⸺ 203

풍경이 있는 민박집

이곳에 봄이 오면 돋아난 새싹조차 앙증맞다.
이곳에 여름이 오면 흩뿌리는 비조차 반갑다.
이곳에 가을이 오면 떨어지는 낙엽조차 안쓰럽다.
이곳에 겨울이 오면 쌓인 눈조차 포근하다.
이곳의 사계는 언제나 나를 설레게 한다.

마당 구석에 숨어 살던 강아지풀이 애처로운 몸짓으로 가을바람을 맞이했다.

나는 마루에 걸터앉아 커피를 마셨다.

이때, 전화벨이 울렸다.

"따르릉…….”

"예, 풍경화 민박집입니다.”

"…….”

　나는 조기 은퇴하고 아무 연고도 없는 충청도 어느 시골 마을에 내려
와 살고 있다.

　친구들은 '시골 생활을 해 보지도 않은 사람이 어쩌려고 그러냐.' 하
면서 걱정했다. 하지만 그들의 우려와 다르게 나는 잘 지내고 있다.

　일 년 전쯤, 나는 일찍부터 꿈꿔 왔던 조기 퇴직을 했다. 퇴직 후, 나
는 한동안 늦잠도 자고 글도 끄적거렸다. 마치 생각지도 못하게 풀려
난 장기수처럼 자유를 만끽한 것이다. 하지만 이런 시간이 길어지자
지루함이 찾아왔다. 그래서 든 생각이 '나는 앞으로 무엇을 하면서 살
아야 하나?'였다. 젊은 시절에나 할법한 그 고민을 오십 줄을 넘겨 다
시 하게 된 것이다.

　'경험을 살려 작은 회사라도 차려 볼까? 아니야 실패하면 어쩌려
고……, 그렇다면 취직해야 하나? 아니야 나 같은 늙다리를 누가…….'

　나는 결국 상상만 하고 실행은 하지 않는 방구석 몽상가가 되어 버
렸다.

　어느 날, 고등학교 친구에게서 연락이 왔다. 이 친구는 자기 고향에
서 농업 관련 기관에서 근무하고 있었다.

　"너 은퇴했다며? 언제 얼굴이나 한번 보자."

　나는 이 친구 덕분에 방구석을 떨치고 나와 새 삶에 도전하게 됐다.
이 친구의 소개로 시골 마을로 이주하게 된 것이다.

　내가 이주한 곳은 오십여 가구가 모여 사는 작은 마을이다. 이 마을
뒤편에는 작은 동산이 하나 있는데, 나는 그 산자락에 자리하고 있는

오래된 집을 매입해서 이주했다.

일 년 전, 내가 이 집에 갔을 때가 생각난다. 힘에 겨운 듯 축 늘어진 대문 때문인지 나는 별 기대 없이 이 집 대문을 열었다. 역시나 마당에는 잡초가 무성하고 방문은 떨어져 바닥에 나뒹굴었다. 긴 세월 동안 사람 손이 닿지 않아서 폐가와 다름없었다. 그럼에도 나는 이 집을 유심히 살폈다. 이 집의 구조가 맘에 들었기 때문이다. 본채 가운데에 넓은 대청마루가 있고, 마루 양쪽으로 안방과 건넌방이 있다. 또한 마당 한쪽에는 사랑방과 그에 딸린 헛간까지 있었다. 옛집의 운치가 그대로 살아 있는 집이었다.

나는 성한 곳 하나 없는 이 집을 매입했다.

내가 이 집을 선택한 가장 큰 이유는 대청마루 뒤편으로 펼쳐진 수채화 같은 풍경 때문이다. 지금도 우리 집, 뒤편 텃밭에는 해바라기들이 무거워진 머리를 흔들고 있고 오솔길 길가에는 코스모스가 지천이다. 또한 그리 높지 않은 동산에는 푸른 소나무가 숲을 이루고 있다.

나는 이 모습에 반해 다른 집은 거들떠보지도 않고 이 집을 선택했다.

나는 이 허름한 집을 사서 수리해 나갔다.

나는 넉넉하지 않은 재원 탓에 집을 고치면서 기술이 필요한 부분만 전문가에게 맡기고 몸을 쓰고 시간이 소요되는 노동은 모두 내가 도맡아 했다. 그 덕분에 내게는 중노동이라는 지옥문이 열렸다.

나는 무너져 내린 담장을 고치기 위해 황토를 실어 날랐다. 그리고 볏짚을 썰어 넣어 반죽한 다음 담장을 고쳐 나갔다. 무너져 내린 돌을 차곡차곡 쌓고 그 돌 틈에 황토 반죽을 일일이 이겨 넣으니 제법 담장의 모습이 보였다. 하지만 하루면 끝낼 줄 알았던 공사는 사흘이 꼬박 지나서야 겨우 끝을 낼 수 있었다.

내가 담장을 직접 쌓겠다고 했을 때, 미장 아저씨가 나를 비웃었다. 지금 생각해 보니, 그 아저씨는 나의 어설픈 기술보다는 내 체력을 깔본 것이었다.

아무튼, 가장 큰 공사 하나를 해결했더니, 다른 일들은 비교적 수월했다. 어느 날은 앞마당에 잔디를 심고 드문드문 돌을 깔아 징검다리를 만들었다. 또 어느 날은 장독대를 평탄하게 다듬고 의자와 파라솔을 세워서 차 마실 공간을 만들었다. 이처럼 집을 고치면서 대부분의 노동을 나 혼자 감당하다 보니, 석 달이라는 시간이 걸렸다. 그 덕분에 까맣게 그을린 내 얼굴만큼이나 몸도 건강해졌다.

지금은 안방과 건넌방 두 개를 민박집으로 운영하고 나는 사랑방에서 생활하고 있다.

내가 민박집을 운영하는 것은 돈도 돈이지만 다른 이들에게도 이곳의 아름다운 풍경을 감상할 수 있게 해 주고 싶어서이다.

군청 홈페이지에 우리 민박집을 등록해 놨더니, 사람들이 알음알음 찾아왔다. 도시에 사는 젊은 부부가 아이들과 함께 휴가를 오기도 하고, 은퇴한 노부부가 휴양차 들리기도 했다.

손님들 대부분은 하루나 이틀 정도 묵지만, 몇몇 손님은 일주일씩 묵기도 하고, 건강상 이유로 오시는 분들은 한두 달씩 묵는 경우도 종종 있었다.

요즘은 손님이 뜸한 비수기다. 봄과 여름에는 삼사십 대 젊은이들이 오고, 가을과 겨울에는 유유자적하려는 중장년층들이 온다.

　며칠 전까지만 해도 더위로 고생했는데, 어제부터는 공기가 제법 차가웠다. 어느새 가을이 온 것이다.
　오늘은 아침나절부터 전화벨이 요란하게 울렸다.

　"예약하신 내용 확인하겠습니다. 10월 1일부터 한 달간 묵으시고, 손님 성함이……."
　"예, 맞습니다, 전화번호는 010-0000-8080입니다."

　9월의 마지막 손님을 배웅하고 잠시 게으름을 좀 피우려 했더니 이처럼 예약 전화가 왔다.
　그런데 손님 이름이 내가 알던 누군가와 같아서 잠시 놀랐다.
　'하기는 워낙 흔한 이름이라서…….'
　나는 커피 한 잔을 내려서 뒷마당 쪽으로 나 있는 마루에 앉았다.
　뒷마당에 심은 해바라기가 무거워진 머리를 힘겹게 흔들었다. 언덕 넘어 코스모스가 한들거렸다.
　"코스모스 한들한들 피어 있는 길~ 향기로운 가을 길을 걸어갑니다~"
　콧노래가 절로 나왔다.

　나는 손님이 퇴실하고 난 방과 집 안팎을 정리했다. 우선, 손님이 쓰

　　　　　　　　　　　　　　　　　　　　　　풍경이 있는 민박집

던 방을 쓸고 닦았다. 그리고 침구들을 세탁기에 넣어 돌린 다음 마당에 웃자란 잔디를 깎았다.

얼마나 지났을까, 온몸이 땀범벅이 될 즈음, 세탁기 신호음이 들려왔다.

"땡 땡 땡~~~"

나는 빨래를 널고 쉴 사이 없이 다시 마당에 쪼그려 앉았다. 아직 깎아야 할 잔디가 한참이나 남았기 때문이다. 순간, 예전에 친구가 했던 말이 생각났다.

"잔디가 보기에는 좋은데 관리가 쉽지 않아요. 잡초도 뽑아 줘야 하고 웃자라면 깎아 줘야 해서, 그야말로 농사나 진배없다니까."

그때는 '이 코딱지만 한 마당에서 무슨 할 일이 그렇게 많겠어?'라고 코웃음을 쳤는데…….

오늘따라 마당이 왜 이리 넓어 보이는지 알다가도 모르겠다.

잔디를 다 깎고 났더니 해가 중천에 떴다.

햇볕에 널어놓은 빨래가 바삭거리고 내 몸은 땀에 흠뻑 젖었다.

나는 샤워를 마치고 점심 준비를 했다.

오늘의 메뉴는 잔치국수다.

나는 텃밭 귀퉁이에서 몰래 자라고 있는 애호박을 하나 따고 파 한 줄기를 뽑아 손질했다. 그리고 다듬어 놓은 멸치와 다시마를 냄비에 넣어 육수를 만들어 냈다.

달궈진 팬에 기름을 두르고 채 썬 애호박과 당근을 볶은 다음, 달걀

지단도 만들었다. 이처럼 고명을 다 만든 다음 국수를 삶았다. 잠시 후, 잘 삶아진 국수를 찬물에 헹궈 물기를 뺀 다음 그릇에 예쁘게 담아 놓고 간을 봐 놓은 육수를 부었다. 그리고 그 위에 고명을 올렸더니 더할 나위 없는 잔치국수가 만들어졌다.

나는 잔치국수가 좋다. 담백하고 감칠맛 나는 국물과 형형색색 고명도 좋지만, '잔치국수'라는 그 어감이 너무 좋다.

시월의 손님

푸른 하늘에 새들이 유영하고 황금 들녘의 할머니가 머릿수건을 풀어 흔들었다.

"훠이……. 훠이……."

올해는 푸른빛 하늘, 황금빛 들판, 그리고 할머니의 하얀 수건이 우리 마을의 풍경을 담아냈다.

이른 아침부터 전화가 울려 댔다.

"여보세요. 풍경화 민박집입니다."

"사장님……."

오늘 오기로 한 손님이 좀 더 빠른 입실을 하겠다고 했다.

보통은 오후 2시 이후에나 입실이 가능하지만. 손님 아들이라는 이의 부탁에 나는 어쩔 수 없이 오전 입실을 허락해 줬다. 그 덕분에 나는 때아닌 부산을 떨어야 했다.

나는 손님이 묵을 안방의 침구를 새로 준비해 두고 마당부터 집 앞

골목까지 청소했다.

8시 무렵, 그 손님의 아들에게서 다시 전화가 왔다.

"사장님, 제가 지금 가고 있는데…… 예상보다 더 일찍 도착할 것 같습니다."

"방은 비어 있으니 일찍 와도 문제는 없습니다."

"감사합니다. 그리고…… 한 가지만 더 부탁을 드려도 될까요?"

"부탁이요? 말씀해 보세요."

"제가 어머니를 내려 드리고 곧장 출근해야 해서 그러는데…… 혹시 마을 입구까지 저희 어머니를 데리러 와 주실 수 있으신가요?"

내가 하나를 양보하니 둘을 더 달라는 형국이었다. 그래도 나는 그 젊은이의 사정을 봐주지 않을 수 없었다.

아직 9시도 안 된 시간에 이들 모자가 마을 입구에 도착했다며 다시 전화가 왔다.

나는 황급히 승용차를 몰고 마을회관으로 내려갔다.

회관 마당에는 검은색 승용차가 한 대 서 있었다.

잠시 후, 승용차에서 멀쑥하게 차려입은 젊은이가 내렸다.

"민박집 사장님이세요?"

"예, 그렇습니다."

"잠시만요."

나는 젊은이가 내려놓은 짐을 내 차에 실었다. 그리고 젊은이와 그의 어머니가 차 안에서 이야기를 나누도록 기다려 줬다.

이윽고, 그 아주머니가 내 차 뒷좌석으로 옮겨 탔다.

나는 운전석에 앉은 채 그 아주머니에게 인사를 했다.

"안녕하세요?"

내 인사에도 그녀는 동네를 빠져나가고 있는 아들의 자동차에서 눈을 떼지 못했다. 룸미러로 보이는 그녀 눈에서 깊이를 알 수 없는 슬픔이 느껴졌다. 꾹 눌러쓴 모자 때문에 그 표정까지 읽을 수는 없었지만 정말 슬픈 눈이었다.

나는 말없이 차를 몰고 집으로 향했다.

잠시 후, 나는 집 앞에 차를 세웠다.

"손님, 제가 짐을 방으로 옮겨 놓을 동안 잠시 기다려 주세요."

나는 그녀의 캐리어와 몇 개의 짐을 안방으로 옮겨 줬다. 그런데, 짐을 다 옮겨 놓고 차에 가 봤더니 그녀가 보이지 않았다.

"손님!"

나는 놀라서 집 주변을 이리저리 뛰어다녔다. 그러다 그녀가 그리 멀리 가지 않았을 거라는 생각에 집 뒤편 언덕으로 가 봤다.

다행히, 그곳에 그녀가 있었다.

나는 놀란 가슴을 쓸어내리고 그녀를 부르려고 했다. 하지만, 그럴 수가 없었다. 길가에 쪼그리고 앉아 코스모스를 들여다보는 그녀 모습이 너무 평온해 보였기 때문이다.

나는 그녀를 내버려두고 집으로 돌아왔다.

＊ ＊ ＊

　안방 손님은 집에 없는 사람처럼 지냈다. 요 며칠 동안, 그녀를 본 것이 두어 번밖에 되지 않을 정도로 움직임이 적었다. 가만히 생각해 보니, 그녀는 내가 없을 때만 활동하는 것 같기도 하다.

　그녀는 어쩌다 나하고 마주치면 모자 쓴 얼굴조차 숨겼다. 자신의 병색 짙은 얼굴을 보여 주지 않으려는 것일 게다.

　아들이라는 이가 돌아가기 전에 내게 했던 말이 떠올랐다.

　"사장님, 저희 어머니를 잘 부탁드립니다."

　자신의 어머니가 잘 지내길 바라는 마음에서 그냥 한 소리라 생각했는데…….

　그녀의 인기척이 없으면 나도 괜히 신경이 쓰였다.

　오늘은 읍내 장에 가는 날이다. 여름 내내 사용했던 야외용 버너도 고쳐야 하고, 또 수확해서 말려 놓은 해바라기씨로 기름도 짜야 한다.

　장날이면 나는 차 없는 동네 어른들도 모시고 간다. 오늘도 할머니 두 분과 함께 장에 가기로 했다.

　나는 집을 나서다 말고 안방을 쳐다봤다. 이 시간이면 들려오던 그녀의 기척이 없어서다. 하지만 '늦잠이라도 자겠지.'라고 생각하고 대문을 열었다.

　이때였다.

　　　　　　　　　　　　　　　　　　　　풍경이 있는 민박집

"사장님!"

돌아보니, 그녀가 방에서 나왔다.

"예? 손님."

"사장님, 지금 읍내에 나가시지요?"

"예, 읍내에 갑니다. 혹시 필요한 것이 있으시면 말씀하세요. 제가 사다 드리겠습니다."

"아, 아니요, 저도 읍내에 따라가도 되나 해서요."

가만히 보니, 그녀는 이미 나를 따라나설 준비까지 다 하고 있었다.

어제 그녀에게 '내일 읍내 장에 갈 것이니 필요한 것이 있으면 말씀하세요.'라고 했더니, 나를 아예 따라나설 참이었나 보다.

갈색 벙거지에 외출복을 차려입은 그녀가 내 대답을 기다렸다.

"그, 그러세요."

그녀가 나를 따라나섰다.

나는 그녀와 함께 마을회관으로 가서 할머니 두 분을 더 태우고 읍내로 향했다.

읍내로 향하는 차 안, 처음 보는 아주머니 때문인지 할머니들이 눈치를 살폈다. 하지만, 그것도 잠시고 할머니 한 분이 소리치셨다.

"우 사장! 창문 좀 열어 봐. 답답해 죽겠어."

"아직 선선하실 텐데요."

"아녀, 내가 아직 가을바람 정도는 견딜만 혀."

창문을 내리자마자 사람들 옷가지며 모자가 바람에 날렸다.

"우 사장! 문 닫아."

다른 할머니 한 분이 문을 닫으라며 소리치셨다.

“김 할머니는 창문을 열라 하시고, 박 할머니는 닫으라 하시니, 저보고 어쩌라는 말씀이세요?”

“우 사장도 참 융통성이 없어요. 한쪽 문만 조금 열어 주면 될 것을…….”

“아, 예…….”

이 소동에도 아주머니, 아니, 안방 손님은 창밖만 내다보고 있었다.

노란 은행잎들이 차창에 떨어졌다. 푸르던 날이 엊그제 같은데 어느새 가을빛이 완연했다.

가을……. 수십 년이 지났음에도 나의 가을은 쓸쓸하다. 이제 무뎌질 때도 됐지만 나의 가을은 변함이 없이 가슴이 시리다.

잠시 후, 읍내에 도착한 나는 차를 주차하고 할머니들과 안방 손님에게 2시까지 돌아오라 하고 방앗간으로 향했다.

나는 방앗간에 해바라기씨를 맡기고 장터 맨 끄트머리 쪽에 있는 철물점으로 향했다. 철물점으로 가다 보니, 안방 손님이 꽃과 묘목을 파는 가게 앞에 쪼그려 앉아 있었다.

그녀는 무엇에 정신이 팔렸는지 지나는 사람들이 툭툭 쳐 대도 모르는 눈치다.

나는 그녀를 못 본 척하고 지나갔다.

나는 철물점에서 할 일을 마치고 한가로이 장 구경에 나섰다.

신발가게에서 할아버지 한 분이 신발 가격을 놓고 실랑이를 벌였다.

“삼천 원만 깎아 줘.”

"아이고 어르신, 그렇게 못 해요."

이불 가게에 아주머니들은 무슨 이야기를 나누는지 손뼉을 치며 웃었다. 찐빵집 찜기에서는 김이 모락모락 피어오르고, 떡집에서 고소한 냄새를 풍겼다. 순간, 허기가 밀려왔다. 시계를 보니 11시를 좀 넘겼다. 점심 식사에는 좀 이른 시간이었지만 나는 국밥집으로 향했다.

잠시 후. 국밥집에 가 보니 사람들이 문밖까지 줄을 서 있었다.

나도 얼른 대기 줄에 가서 섰다.

"손님은 몇 분이세요?"

"저 혼잡니다."

"혼자면 합석하셔야 하는데……, 아니면 한참을 더 기다려야 합니다."

나는 합석도 상관없었다.

"합석하겠습니다."

나는 다른 이와 합석하기 위해 주인아주머니를 따라갔다.

그런데 내가 합석할 자리에……, 그녀가 먼저 와 있는 것이 아닌가.

"소, 손님!"

"어머나."

"손님을 여기서 만날 줄이야, 허허허."

"……."

반가워하는 나와 달리, 그녀는 무척 난감해했다.

나는 앉아야 하나, 말아야 하나, 하면서 엉거주춤했다.

이때, 우리의 이런 분위기를 알 리 없는 주인아주머니가 엉뚱한 말까지 보탰다.

“두 분이 서로 아는 사인가 보네? 이게 우연이라면 인연이지요. 호호호…….”

한바탕 너스레를 떨던 주인아주머니가 돌아가고, 나는 자리에 앉았다.

“시, 실례하겠습니다.”

그녀가 대답 대신 국밥 그릇에 시선을 고정한 채 고갤 끄덕였다.

나는 불편해하는 그녀를 위해 다른 곳으로 시선을 돌렸다.

잠시 후, 내 국밥이 나와 한술 뜨려는데, 식사를 다 마치지도 않은 그녀가 일어나 나가려고 했다.

“사장님, 저 먼저 일어나겠습니다.”

“저 때문에 식사도 다 못 하시고…….”

“아, 아닙니다. 저는 다 먹었습니다.”

본의 아니게 그녀 식사를 방해한 것 같아서 미안했다.

나는 그녀가 나가고 난 뒤에야 국밥을 한술 떴다. 진한 국물과 고소하고 쫀득한 소머릿살이 일품이다. 거기에 짭조름한 깍두기를 한입 베어 물자 더할 나위가 없었다.

나는 밖에서 기다리는 다른 손님들을 위해 국밥을 얼른 비우고 계산대로 갔다. 그리고 카드를 내밀었다.

“여기, 국밥 한 그릇 계산해 주세요.”

“아까, 그 아주머니가 손님 밥값까지 계산했습니다.”

나 때문에 본인은 식사도 하지 못했으면서 내 밥값까지 내준 것이다.

“미안해서 이를 어쩌나…….”

 풍경이 있는 민박집

나는 방앗간에서 기름을 찾은 다음 커피숍으로 향했다.

내가 자주 가는 커피숍은 ‘CAFE GRAY’다. ‘GRAY’의 사전적 의미는 잿빛, 흐린, 백발 등 내게는 달갑지 않은 의미들이다. 30대 젊은 여자 사장님이 왜 이런 가게 이름을 붙였는지 정말 궁금했다.

아무튼, ‘CAFE GRAY’는 내가 이곳에 내려온 뒤 가장 즐겨 찾는 장소가 되었다. 바리스타가 내려 주는 맛 좋은 커피에 더해 이곳 창가에서 바라보는 거리 풍경에 매료됐기 때문이다.

“아메리카노 한 잔 주세요.”

오늘도 나는 창가에 자릴 잡고 앉았다.

오늘 창밖 풍경은 단풍잎이 무심히 떨어지는 오솔길이다. 봄꽃 피던 날이 엊그제 같은데, 여름의 뒷모습은 어딜 가고 가을조차 사라지려 했다.

낙엽 지는 오솔길에 젊은 커플이 서로의 손을 잡고 걷고 있다. 그 뒤에는 보행기를 앞세운 할머니들이 담소를 나누며 따라갔다. 그리고 그 뒤를 누군가가 천천히 걷고 있다. 그런데, 자세히 보니…… 안방 손님이었다. 발걸음은 한가로워 보였지만 그녀의 두 눈은 바쁘게 여기저기를 두리번거렸다.

이윽고, 그녀가 내가 있는 커피숍을 주시하더니 오솔길을 빠져나왔다. 아무래도 커피를 마시러 올 모양이다.

아니나 다를까, 그녀가 커피숍으로 들어왔다. 그리고 무언가 주문했다.

나는 쏜살같이 계산대로 달려가서 신용카드를 내밀었다.

“손님, 커피는 제가 사겠습니다.”

갑작스러운 내 등장에 그녀가 한 발짝 뒤로 물러났다. 그리고 나를 알아보고는 손사래를 쳤다.

“아, 아닙니다. 사장님,”

“손님이 제 밥값을 내주셨으니, 커피라도 제가 사겠습니다.”

“정 그러시면…….”

그녀 손에는 작은 화분이 하나 들려 있었다.

“가을에 웬 화분을 사셨어요?”

나는 그녀에게서 화분을 받아 들고 내 자리로 안내했다.

“손님, 이쪽으로 오세요, 이 자리가 명당입니다.”

“네, 그럼, 실례하겠습니다.”

우리는 주문한 커피가 나올 때까지 창밖만 내다봤다. 정말 어색했다. 나는 이 어색함을 지우려 그녀에게 말을 걸었다.

“손님, 이게 무슨 모종입니까?”

“튤립입니다. 잘 보살펴서 내년 봄에 꽃을 피워 보려고요.”

“아, 튤립……. 저는 꽃을 잘 몰라서…….”

이때, 진동 벨이 울렸다.

그녀가 자리에서 일어나려고 했다. 하지만 나는 그녀보다 먼저 일어나 커피를 가지러 갔다.

내가 테이블에 커피를 내려놓자, 그녀가 목례로써 내게 고마움을 전했다. 그리고 그녀는 다시 창밖을 쳐다봤다.

장날이라서 그런지 한적하던 거리가 사람들로 북적거렸다. 그래봐야 노인들이 대부분이지만 그래도 이런 시골에서는 보기 드문 인파다.

우리는 창밖을 바라보며 커피잔만 들었다 놨다 했다.

찻잔 내려놓는 소리, 음료가 목으로 넘어가는 소리, 그리고 가끔 내뱉는 숨소리까지 모두 우리 두 사람의 어색한 행동들이다.

얼마나 지났을까. 그녀가 무심코 시계를 들여다보다가 놀라서 말했다.

"어머, 시간이 벌써 이렇게 됐네요. 어서 가셔야겠어요."

우리는 커피숍을 나왔다. 그리고 주차장을 향해 잰걸음을 옮겼다.

주차장에는 이미 할머니들이 장을 본 물건을 쌓아 놓고 기다리고 계셨다.

나는 이들의 짐을 트렁크에 싣고 다시 마을로 향했다.

마을로 향하는 차 안. 아까는 어색해하던 할머니들이 그녀의 호구조사를 시작했다.

"민박집 손님이라면서? 그래, 어디서 오셨는가?"

"저는 서울에서 왔어요."

"어쩐지 외향이 번지르르하더니만, 서울깍쟁이셨구먼, 호호호."

"어르신, 저 깍쟁이 아니에요. 제 고향도 원래는 충청도예요."

"그려? 충청도 어디?"

이때, 다른 할머니가 끼어드셨다.

"서울댁은 나이가 몇이나 되었어?"

"서울댁요? 호호호, 올해로 쉰다섯 됐어요."

"아이고, 아직 젊구먼."

“그래, 서울서 무슨 일을 하나?”

“몇 해 전에 회사를 그만두고 지금은 쉬고 있어요.”

“그려? 자녀는 몇이고?”

“아들이 하나 있어요.”

할머니들 덕에 알게 된 그녀의 나이는 나하고 동갑이었다.

 풍경이 있는 민박집

그리움의 끝에서

봄빛 화사한 날에 만났던 우리는 가을빛 가득한 날 헤어졌다.

이제는 그 기억조차 스러져 가지만, 나의 한숨은 더 깊어만 갔다.

오늘은 마을 회의가 있는 날이다.

나는 아침을 먹자마자 회관으로 내려갔다. 오늘은 농가마다 가을걷이 인력이 부족해서 군청에 협조 요청이라도 해 브려는 것이다.

민박집을 운영하는 나와는 상관없는 일이지만, 이 마을에서 내가 제일 젊다는 이유로 동네 총무 일을 맡아서 하고 있다.

나는 이 마을의 총무 겸 동네 일꾼이다. 농번기가 되면 나도 나름 귀한 몸이 된다.

마을 회의를 마치고 집에 왔더니, 마루 위에 택배 상자가 놓여 있었다. 며칠 전 주문한 운동화가 도착한 것이다.

나는 얼른 포장을 뜯고 상자를 열었다. 순간, 새하얀 가죽에 파란색 로고 새겨진 예쁜 운동화가 모습을 드러냈다.

나는 새 운동화를 신은 김에 뒷동산으로 향했다.

나는 언덕을 오르며 양팔을 뻗었다. 순간, 야들야들한 코스모스가 손끝을 간지럽혔다.

나는 가던 길을 멈추고 코스모스를 들여다봤다. 그러다 문득 모든 코스모스의 심중이 노란색이었음을 깨달았다, 꽃잎이 어떤 색, 어떤 꽃말을 품었더라도 그 심중만은 언제나 노란색이었다.

나는 콧노래를 흥얼거리며 동산에 올랐다.

가을볕은 적당히 따스하고 가을바람은 적당히 차가웠다.

나는 벤치에 앉아 잠시 숨을 골랐다.

이때. 숲 뒤편에서 인기척이 들려왔다.

나는 놀라서 얼른 뒤를 돌아봤다. 안방 손님이었다.

"소, 손님, 언제 올라오셨어요?"

그녀가 말없이 내가 앉아 있는 벤치로 와서 앉았다. 그리고 마을을 내려다봤다.

"손님, 이곳이 우리 마을에서 가장 멋진 조망대입니다."

한동안 마을만 내려다보던 그녀가 입을 열었다.

"저, 기, 사장님……."

그녀 말투가 꽤 조심스러웠다.

"예. 말씀하세요."

"혹시……, 성함이……."

"제 이름이요? 갑자기 그건 왜?"

그녀가 얼른 내 눈을 피했다.

"혹시……, '우주영' 씨 아니세요?"

나는 이상한 생각이 들었다. 그녀가 내 이름을 안다는 것도 이상하지만, 나를 잘 안다는 듯한 말투가 더 신경 쓰였다.

"제, 제 이름을 어떻게……."

그녀가 나를 정면으로 쳐다봤다.

"주영아, 나 모르겠어?"

그녀의 모습이 낯설지가 않았다.

"주영아. 나야."

그녀의 웃는 모습을 보는 순간……, 나는 놀라서 입을 다물지 못했다.

"서, 설마, 너……."

며칠 전, 예약을 받을 때만 해도 그저 동명이인이라 생각했는데 정말 그녀였다.

나는 무언가에 얻어맞은 듯 한동안 말을 잇지 믓했다.

손님이, 아니 그녀가 내 눈앞에 손을 흔들었다.

"주영아! 정신 좀 차려."

"어? 어……, 네가 정말 숙희라고?"

"그래, 나 숙희야."

"어, 어떻게 된 거야? 그동안 어떻게 지냈어? 도대체 어디가 얼마나 아픈 거야? 말을 좀 해 봐."

그녀가 피식하고 웃었다.

“주영아, 하나씩 물어야 내가 대답을 해 주지.”

그녀는 자신의 짙은 병색 때문에 몇 년 동안 외출도 하지 않았다고 한다. 그랬던 그녀가 공기 좋은 곳에서 살아 보고 싶다며 이곳까지 온 것이다.

내가 군에 가고 1년쯤 뒤, 그녀의 결혼 소식을 전해 들었다. 그때부터 나는 영혼 없는 좀비처럼 군 생활을 했다. 나중에 제대하고 나서야 그 소식이 헛소문임을 알게 됐지만 우리의 관계는 달라지지 않았다.

“숙희야, 나 궁금한 것이 하나 있는데…….”

“또 뭐가 궁금한데?”

“나라는 것을 어떻게 알았어? 그동안 나를 쳐다보지도 않았잖아.”

“아, 아……, 실은, 오늘 택배 상자를 받아 놓다가 우연히 네 이름을 보게 됐어.”

“그랬구나.”

우리는 놀란 가슴을 진정시키고 집으로 내려왔다.

“수, 숙희야, 쉬어.”

“어, 엉.”

이처럼 우리의 반가움은 이내 어색함으로 변했다.

나는 방으로 돌아와 책을 펼쳤다. 하지만 한 글자도 눈에 들어오지 않았다.

 풍경이 있는 민박집

얼마나 지났을까.

"주영아."

나가 봤더니, 그녀가 양손에 커피잔을 들고 있었다.

"주영아, 내가 내린 커피 맛 좀 볼래?"

순간, 진한 커피 향과 함께 지난날의 기억이 떠올랐다.

1982년.

"블랙커피 두 잔 주세요."

다방에서 블랙커피를 주문하면 뜨거운 물에 커피 알갱이를 타 줬다.

"숙희야, 이렇게 쓰기만 한 커피를 왜 마시는 거야?"

"나도 처음에는 써서 별로였는데, 자꾸 마시다 보니 나름 괜찮더라고. 그리고 요즘 애들은 블랙커피만 마신다니까."

그 시절, 나도 그녀로 인해 블랙커피를 마시게 됐지만 그 맛을 알 정도로 좋아하지는 않았다. 하지만, 지금은 커피의 쌉쌀함, 시큼함, 고소함, 떫음, 단맛에 더해 그 향까지 사랑한다.

그나저나 그녀가 내려 준 이 커피는 왜 이리 쓰기만 한 것일까?

"숙희야, 커피값으로 오늘 저녁 식사는 내가 준비할게."

"그래? 네가 무슨 음식을 할 줄 아는데?"

"너무 기대하지 말고, 좀 있다가 사랑으로 건너와."

나는 잔치국수를 만들어 놓고 그녀를 불렀다.

잠시 후, 식탁에 앉은 그녀가 기대에 찬 표정으로 국물을 떠먹었다. 그러더니 바로 숟가락을 내려놨다.

“숙희야, 맛이 없어서 그래?”

그녀가 한 손으로 턱을 괴고는 묘한 표정을 지었다.

“왜 그래? 네 입맛에 안 맞아?”

나는 얼른 국물을 떠먹어 봤다. 나름 짭조름하면서 감칠맛이 났다. 그러다 문득 ‘환자에게는 너무 짜게 느껴질 수도 있겠구나.’라는 생각이 들었다.

“숙희야, 미안, 내 입맛만 생각하고 만들어서……, 내가 금방 다시 만들어 줄게.”

나는 자리에서 일어났다.

“주영아, 그런 뜻이 아니야…….”

“그, 그럼, 왜?”

“지금의 네 모습이 너무 낯설어서……, 하긴, 지난 세월이 얼만데. 또……, 아니다.”

나는 ‘국물을 새로 내야 하나, 말아야 하나’ 이런 고민을 하고 있는데, 그녀는 알 수 없는 소리만 했다.

숙희가 다시 국물을 떠먹었다. 그리고 이내 면발을 호로록 빨아들였다.

“주영아, 정말 맛있다. 내가 먹어 본 잔치국수 중에 제일 맛있다고.”

“저, 정말? 거짓말이지?”

“정말이라니까. 네가 만들어 줘서 더 맛이 있나 봐. 호호호…….”

그녀 얼굴에 웃음이 가득했다. 마치 그날처럼…….

나는 고개를 처박고 면발을 빨아들였다. 그녀는 몰라도 나는 아무렇지 않은 것이 아니었다.

“주영아.”

“응?”

“…….”

그녀가 나를 부르더니 이내 뜸을 들였다.

“숙희야, 왜 그래?”

“너는……, 그동안 어떻게 지냈어?”

그녀가 지난 내 삶을 궁금해했다. 하지만 나는 달하고 싶지 않았다.

“그야……, 나도 남들처럼 그럭저럭 살았어.”

“내게 말하고 싶지 않구나?”

그녀 표정이 급격하게 어두워졌다.

내 무미건조한 대답 때문일 것이다. 하지만 지금의 내 처지를 그녀에게만큼은 들키고 싶지 않았다.

“숙희야, 내 삶이 별로 특별한 것이 없어서…….”

“…….”

고개를 끄덕이던 그녀가 국수 가닥만 뒤적거렸다.

“숙희야, 식사나 마저 해.”

그녀가 말없이 국수를 먹었다.

우리 사이에는 어색한 기운이 감돌고 국수 먹는 소리만 간간이 들려왔다.

이윽고, 숙희가 그릇을 들어 국물까지 다 비운 뒤, 탁 소리가 나도록 그릇을 내려놨다. 그리고 큰 소리로 말했다.

"주영아, 잘 먹었어."

"그, 그래? 나중에 또 만들어 줄게."

"정말이지? 호호호……."

그녀 목소리가 갑자기 밝아졌다.

"주영아."

"응?"

"나 너한테 궁금한 것이 있어."

그녀는 포기한 것이 아니었다. 나를 어르고 달래서라도 자기가 듣고 싶은 대답을 얻어내던 그날의 그녀처럼 말이다. 그녀는 자기가 원하는 답을 얻어내면 내게 반달 모양 눈웃음으로 상을 주곤 했었다. 그래서인지 나는 그녀가 웃어 주면 무엇이든 실토했었다.

오늘도 나는 그녀의 질문을 기다리며 마른침을 삼켰다.

"주영아……, 너도 결혼했지?"

나는 예상치 못한 질문에 당황했다. 하지만 이내 고개를 끄덕였다. 정확하게 말하자면 '결혼했었다.'가 맞는 말이지만, 굳이 그렇게까지 이야기할 필요성을 느끼지 못했다.

하지만 그녀가 다시 물었다.

"근데, 너희 가족들은 다 어디 가고 너 혼자야?"

"그게……."

　　　　　　　　　　　　　　　　　　　　　風경이 있는 민박집

“미, 미안, 주영아, 내가 주책이지? 근데, 네가 만든 국수 너무 맛있
다. 호호호……."

❋ ❋ ❋

잿빛 동산을 붉게 물들이던 해가 서산으로 지기 시작했다.

오늘도 나는 소파에 기대앉아 책을 펼쳤다. 하지만 글이 눈에 들어
오지 않았다.

“주영아.”

이때, 그녀가 나를 불렀다.

나가 보니, 그녀가 운동복 차림을 하고 서 있었다.

“숙희야, 왜?”

“나, 동네나 한 바퀴 돌아보려는데……, 주영이 너도 같이 가자.”

“……."

그녀는 나에게 거리낌이 없었다. 다행이라 생각하면서도 한편으로
는 서운했다.

“주영아, 왜 말이 없어?”

나는 그녀와의 산책이 꺼려졌다.

“……."

“주영아, 바쁘면 나 혼자 가도 돼.”

“그, 그럴래? 지금은 내가 뭘 좀 하고 있어서…….”

“아, 알았어.”

잠시 후, 대문 여닫는 소리가 들렸다. 그리고 이내 그녀 발소리가 멀어졌다.

멀어져 가는 그녀 발소리에 내 마음이 싱숭생숭했다.

나는 책을 펼쳤다. 하지만 글이 눈에 들어오지 않았다. 그래서 소리 내 읽어 봤다.

“싱싱한 태양이 조용한 바다에 금빛으로 번쩍였다. 기슭에서 약간 떨어진 앞바다에서는 한 척의 어선이 고기를 모으기 위한 미끼를 바다에 뿌리기 시작한다. 그러자…….”

하지만 공염불에 불과했다. 무슨 소린지, 무슨 뜻인지 하나도 알 수 없었다.

나는 심란함을 이기지 못하고 눈을 질끈 감았다. 순간, 빛나는 하얀 칼라 교복을 입은 그녀가 나를 향해 환하게 웃었다. 나는 머릴 흔들었다. 하지만, 그럴수록 그녀 모습은 더욱 뚜렷해졌다.

나는 정신을 차리기 위해 밖으로 나갔다.

“휘, 이익…….”

갈바람이 소리를 지르며 지나갔다.

“옷도 얇게 입었던데…….., 감기라도 걸리면 어쩌려고…….”

시간이 지날수록 바람이 더 거세졌다.

“바람이 이렇게 부는데…….”

이때였다. 저 멀리서 사뿐사뿐 조심스러운 발소리가 들려왔다. 잠시 후, 발소리가 점점 더 가까워졌다.

나는 담장 밖으로 얼굴을 내밀어 그녀임을 확인한 다음 얼른 방으로 들어갔다.

잠시 후, 대문 여닫는 소리와 함께 그녀의 헛기침 소리가 들렸다. 자기가 돌아왔음을 내게 알리려는 것이다.

나는 다시 책을 펼쳤다. 그리고 소리 내 읽었다.

"공중 약 30미터 높이에서 그는 물갈퀴 달린 두 발을 아래로 내린다. 그리고 부리를 쳐들고 양쪽 날개를……."

이때였다.

"드르륵, 드르륵……."

그녀가 문자를 보내왔다.

「주영아, 오늘 저녁 식사는 내가 준비할게.」

나는 거절할 이유를 찾느라 잠시 고민했다. 하지만 그녀는 내 답을 기다리지 않고 다시 문자를 보내왔다.

「6시 30분까지 안방으로 건너와.」

나는 결국 그녀의 초대에 응했다.

「알겠어.」

나는 요즘 읍내에 나갔다가 밤늦게 들어오기가 일쑤다. 무슨 일이 있어서라기보다는 그냥 그녀와 마주치지 않으려는 것이다. 하지만 쉽지만은 않다.

"숙희야, 들어갈게."

"응, 어서 와."

식탁에는 보기만 해도 건강해지는 느낌의 한 상이 차려져 있었다. 자색 빛깔 번지르르한 찹쌀밥 사이사이에 붉은 팥, 노랑 조, 검은콩이 빼곡했다. 반찬으로는 느타리버섯 무침, 도라지무침, 고구마순무침, 그리고 생선구이와 순두부찌개까지, 어느 것 하나 빼놓을 수 없이 먹음직스러웠다.

"내가 너무 내 위주로만 음식을 준비했나? 실은, 내가 음식을 좀 가려 먹어야 해서……."

식사조차 그녀에게는 투병의 일환이었다.

"숙희야. 음식이 정말 먹음직스럽다."

"그래? 그럼, 어서 먹어."

"잘 먹을게."

나는 밥 한술을 떠먹었다. 찹쌀과 조, 콩이 어우러져 단맛이 났다. 짭조름한 생선구이 한 점을 먹으니 고소함이 더해졌다. 새콤달콤한 도라지무침은 요란스럽게 아삭거리고, 매콤한 순두부찌개는 불같이 시원하다.

"주영아, 체하겠다. 좀 천천히 먹어."

정말 오랜만에 식사다운 식사를 했다. 그동안은 혼자 먹자고 요리를 하기도 그래서, 국수를 만들어 먹거나 라면으로 끼니를 때울 때가 많았다.

식사를 마칠 즈음, 숙희가 내게 의미심장한 눈길을 보냈다.

"주영아……."

"응? 왜?"

　　　　　　　　　　　　　　　　　　　　　　　

“너……, 왜 혼자 살아?”

“…….”

나는 생각지도 못한 물음에 눈만 깜빡거렸다.

“아, 아니다.”

그녀가 얼버무리려 했지만, 이미 분위기는 이상해지고 말았다.

“주, 주영아, 미안, 내가 괜한 이야기를 해서…….”

그녀가 멋쩍은 듯 얼른 주방으로 갔다.

“숙희야, 설거지는 내가 할게.”

“정말? 그래 주면 고맙지. 호호호…….”

그녀가 어색함을 지우려는 듯 크게 웃더니 밖으로 나갔다.

나는 설거지를 마치고 마루로 나갔다.

대청마루에 앉아 있는 그녀 뒷모습이 쓸쓸해 보였다.

나는 조용히 그녀 옆에 앉았다.

“숙희야, 무슨 생각을 그리 해? 내가 오는 줄도 모르고.”

“그냥, 이런저런…….”

땅이 꺼질 듯 한숨을 내쉬던 그녀가 입을 열었다.

“나, 병에 걸리고 나서 우울증이 왔어. 그래서 나쁜 생각도 했었고……."

내가 처음 본 날도 그녀는 죽음을 목전에 둔 사람처럼 보였다.

“숙희야, 요즘은 의술이 발달했으니까, 희망을 버리지 마.”

“정말 그럴까?”

“그렇다니까.”

나도 모르게 확신에 찬 대답을 하고 말았다. 하지만 그녀 목소리에서는 아무 기대감도 느껴지지 않았다.

"주영아, 정말 그랬으면 좋겠다."

찻잔을 들고 있는 그녀의 새하얀 손등에 검푸른 멍이 보였다. 내가 직접 보지는 않았지만, 추측이 가능한 자국이었다. 간호사가 팔에 주사를 찔러 넣자, 그녀의 혈관이 터진 것이다. 간호사는 그러거나 말거나 다시 더 밑으로, 밑으로 내려가, 마침내 그녀의 여린 손등에 바늘을 꽂아 넣었을 것이다. 그럼에도 그녀는 아픈 티조차 내지 않았을 거다. 내가 아는 그녀는 그런 사람이다.

"주영아, 무슨 생각을 그렇게 해?"

"아, 아무것도……, 밤공기가 너무 차다. 어서 방으로 들어가."

방으로 들어가던 그녀가 나를 불렀다.

"주영아."

"왜?"

"내일도 우리 같이 식사 할까?"

"어, 엉?"

나는 그녀에게 시원하게 대답하지 못하고 돌아왔다. 그리고 생각에 잠겼다.

'숙희는 왜 내게 '같이'라고 했을까?'

이때, 창 넘은 달빛이 격자무늬 벽지에 나의 오래전 기억을 비추었다.

'그녀 어깨가 나에게 닿을 듯, 말 듯했다. 걷는 중에도 나는 그녀를

살짝살짝 훔쳐봤다. 그러다 그녀와 눈이 마주치견 나는 먼 하늘로 시선을 피했다.'

그녀와 나의 빛바랜 추억이었다.

나는 머릴 흔들어 상념을 떨쳐냈다. 그리고 소리 내서 책을 읽었다.

"오늘도 또 이리하여 살기 위한 부산한 하루가 시작되는 것이다. 그러나 그 소란을 외면하고……. 예컨대 해면으로부터의 높이가 자기 날개 길이의 절반 이하라는 초저공에서……."

그래도 소용없었다.

나는 결국 책을 덮어 버리고 눈을 감았다. 하지만 가슴이 자꾸 한숨을 토해냈다.

"휴, 우……."

나는 이곳으로 이주하기 전, 사람에 대한 미련을 모두 버렸다. 그 덕분에 우울할 새 없이 잘 살고 있었는데……, 지금은 정말 울고 싶은 심정이다.

✳ ✳ ✳

오늘도 나는 아침 일찍 외출 준비를 하고 방을 나왔다. 그리고 조심조심 마당을 지나 대문을 열었다.

"주영아! 어딜 그렇게 몰래 가니?"

돌아보니 숙희가 안방 창문에 얼굴을 내밀고 있었다.

그녀는 내가 도둑고양이처럼 살금살금 걷는 모습을 모두 지켜본 것이다.

"아, 아니야. 몰래 가다니? 네가 잠에서 깰까 조심한 거지."

"그래? 알겠어. 그런데 너는 매일 어디를 그렇게 가는 거야?"

"으, 읍내에."

"혹시……, 너는 내가 불편하니?"

그동안은 모른 척해주던 그녀가 오늘은 단도직입적으로 물었다.

"아, 아니야, 글을 쓰느라고 읍내 커피숍에 가는 거야."

그녀가 고개를 갸웃거렸다. 그렇다고 내게 따져 묻지는 않았다. 우리에게는 넘지 말아야 할 선이 있었기 때문이다.

잠시의 정적이 흘렀다.

나는 이 상황에서 빨리 벗어나고 싶었다. 그녀도 그랬는지 우리는 동시에 서로를 불렀다.

"주영아."

"숙희야."

"숙희, 너 먼저 말해."

"아니야, 너 먼저 말해."

"저, 기, 숙희야……, 너 필요한 것이 있으면 말해. 내가 읍내에서 사다 줄게."

"뭐, 뭐라고?"

내게서 기대한 대답이 아니었는지, 그녀가 실망감을 숨기지 않았

   풍경이 있는 민박집

다. 하지만 나는 애써 모르는 척했다.

"숙희야, 너는 내게 할 말이 뭔데?"

"아무것도 아니야!"

그녀는 차가운 대답과 함께 마당으로 난 창문을 쾅 하고 닫아 버렸다.

나는 차를 몰고 읍내로 향했다.

"코스모스~ 한들한들~ 피어 있는 길~~~"

콧노래를 불러 봐도 내 머릿속은 온통 그녀 생각뿐이다.

"떠나려면 아직 멀었는데, 휴, 우…….""

오늘도 나는 커피숍에서 넋 나간 사람처럼 앉아 있다가 저녁 무렵에야 집으로 돌아왔다.

숙희는 저녁 식사를 준비하고 있었다.

"주영아, 이제 오니?"

"어, 엉."

"어서 씻고 와서 저녁 먹자."

"아니야, 안 그래도 돼."

"숟가락만 하나 더 놓으면 되니까, 빨리 와."

오늘도 나는 그녀를 피하기는커녕 그녀와 마주 앉아서 저녁을 먹게 됐다.

숙희가 보글보글 끓는 된장찌개에 콩자반, 가지찜, 애호박전, 부추김치까지 한 상을 차려냈다.

"주영아, 텃밭에서 애호박하고 가지를 따다가 반찬을 좀 만들어 봤어."

"밭에 아직도 호박하고 가지가 남아 있어?"

"그래, 덩굴에 숨어 있더라."

한참 식사를 하던 그녀가 조심스럽게 말을 꺼냈다.

"주영아…….."

"응?"

"우리 저녁 먹고……, 동네 한 바퀴만 돌자."

"……."

나는 난감해서 눈만 깜박거렸다.

"우주영! 친구가 산책 좀 하자는데, 그렇게 싫은 티를 내냐? 치사하게."

"친구?"

"그럼, 우리가 친구가 아니면 뭐야?"

그렇다. 그녀는 한때 나하고 가장 친밀했던 사이다.

"좋아, 가자."

"정말이지? 내가 밥을 빨리 먹을게. 흥흥……."

그녀가 콧노래를 불렀다.

우리는 식사를 마치고 아랫마을로 향했다. 하지만 우리라는 말이 무색하게 나는 앞서고 그녀는 몇 발짝 뒤에서 따라왔다.

달빛 내려앉은 골목에 그녀의 조심스러운 발소리가 울려 퍼졌다. 순간, 소멸한 줄 알았던 그리움이 그녀와 대면하려 했다.

나는 놀라서 주문처럼 중얼거렸다.

"안 돼, 안 돼, 안 돼⋯⋯."

"주영아, 뭐가 안 된다는 거야?"

"어, 엉? 아무것도⋯⋯ 아니야."

그녀가 나를 이상한 눈으로 쳐다봤다. 그래도 더 캐묻지는 않았다.

우리는 또 말없이 걷기만 했다. 그래서인지 여기저기 귀뚜라미 소리가 더 선명해졌다. 아이러니하게도 우리의 침묵이 가을을 더 깊게 만들었다.

잠시 후, 우리가 마을 어귀에 다다를 즈음, 잔잔하던 바람이 갑자기 거세졌다.

"숙희야, 바람이 차다. 이제 돌아가자."

우리는 오던 길을 뒤돌아 다시 집으로 향했다.

나는 점퍼를 벗어서 그녀에게 내밀었다.

"나는 괜찮아."

"밤공기가 너무 차다니까. 어서 입어."

나는 한사코 마다하는 그녀의 어깨에 점퍼를 걸쳐 줬다.

그녀가 피식 웃었다. 그리고 내 점퍼를 입었다.

"주영아, 너는 예나 지금이나⋯⋯, 아, 아니다.'

그녀가 무슨 말을 하려다 말았다. 분명 우리의 옛이야기일 것이다.

나는 그녀의 추억을 경계하며 앞서 나갔다.

집이 가까워지자, 달빛 가득하던 밤하늘에 먹구름이 드리웠다. 그리고 바람도 거세졌다.

나는 옷깃을 세우고 발걸음에 속도를 냈다.

그런데, 이상하게도 그녀의 발소리가…… 들리지 않았다. 그래서 돌아보려는 찰나.

"우주영! 거기 서 봐!"

나는 놀라서 돌아봤다.

"수, 숙희야, 왜 그래?"

그녀가 화가 잔뜩 난 표정으로 나를 노려봤다.

"이 나쁜 놈!"

그녀가 결국 우리의 아픈 과거를 들추려 했다. 하지만, 나의 눈은 그녀를 피해 밤하늘로 향했다.

첫사랑

너를 사랑하게 될 줄 알았어.

나를 사랑하게 될 줄 알았어.

그래서 우리는 사랑하고 또 그리워하게 될 줄 알았어.

1980년 4월.

봄 햇살 따스한 어느 토요일 오후.

나는 수업을 마치고 집으로 돌아가다 운동부 선배들을 만났다.

"주영아, 우리랑 어디 좀 같이 가야겠다."

"어디를요?"

이 선배들은 여학생들과 미팅하러 가던 길이다. 그런데 멤버 중 하나가 갑자기 못 나오게 되자 나를 대타로 데려가려는 것이었다. 하지만, 내 인생의 첫 미팅을 대타로 나갈 수는 없었다.

"싫어요."

“야, 주영아. 그러지 말고…….”

하지만 나는 미팅 장소가 ‘태극당’이라는 말에 그냥 따라가기로 했다. 역 앞 ‘태극당’은 학생들 미팅 장소로도 유명하지만, 빵이 맛있기로 소문이 난 곳이다.

아무튼, 나는 빵을 마음껏 먹게 해 준다는 선배의 말에 혹해서 그냥 따라갔다. 더욱이 미팅에 나오는 여학생 중에는 나하고 같은 2학년 동급생도 있다니 마음도 편했다.

이 선배들은 나하고 같은 학교에 다니고 또 같은 체육관을 다닌다. 하지만, 그리 친하지는 않다. 이들은 음주와 흡연은 물론이고 툭하면 쌈박질을 하는 문제아들이다. 지금도 이들은 옆구리에 가방을 끼고 팔자걸음으로 거리를 활보했다.

지나다니는 사람들이 이들을 바라보며 눈살을 찌푸렸다.

나는 이들과 좀 떨어져서 따라갔다.

“주영아, 뭐 하냐? 빨리 안 오고.”

“예? 예.”

잠시 후, 우리는 ‘태극당’에 도착했다.

선배들이 빵집 창문을 거울 삼아 옷매무새를 고쳤다. 그리고 모자에 눌려 있던 앞머리를 세우는 등 멋을 부렸다.

선배 하나가 나를 놀려 댔다.

“주영이 너 긴장했구나? 자식, 꼴에 남자라고……. 낄낄낄…….”

이때, 한 선배가 소리쳤다.

“야, 야, 여학생들이 먼저 와 있다. 어서 들어가자.”

　　　　　　　　　　　　　　　　　　　풍경이 있는 민박집

순간, 나도 가슴이 두근거렸다.

우리가 빵집으로 들어가자, 한 여학생이 손을 흔들었다.

"여기요."

우리는 엉거주춤 여학생들이 기다리는 테이블르 갔다.

선배들이 여학생들에게 인사를 했다.

"안녕하십니까?"

"안녕하세요?"

"식사는 하셨습니까?"

나도 이들을 따라서 의무적으로 고개를 숙였다.

선배들이 서로 좋은 자리, 아니 예쁜 여학생 앞에 앉으려고 다퉜다. 그 덕에 나는 맨 구석 자리로 밀려났다.

이윽고, 자리가 정돈되자 선배들이 하나둘 자기소개를 했다. 그런데 이 선배들이 얼마나 긴장했는지 말까지 더듬었다.

"저, 저는, 도, 동북고 3학년, 기, 김창수입니다. 저, 저는 앞으로의 꿈이……."

"이동수라고 합니다. 저는 전국체전에서 4강에 들었으며 장래 목표는 국가대표가 되는 것입니다. 저의 취미는 독서고……."

이 선배들은 사고를 너무 많이 쳐서 학교에서의 별명이 각각 '개' '차' '반'이다. 그런 선배들이 여학생 앞에서 꼬랑지를 바짝 내리고……, 거기에 더해 허풍까지 떨면서 자기소개하는 꼴이라니, 정말 기가 막혔다.

“저는 김기철입니다. 저는 세계 챔피언이 꿈입니다. 그래서…….”

이윽고, 지루했던 선배들의 소개가 끝나고 내 차례가 되었다.

“저는 동북고 2학년 우주영입니다.”

나는 빵이나 먹고 가면 될 일이었기에 이름만 알려 주고 자리에 앉았다.

이제 여학생들이 자기소개할 차례가 되었다.

“저는 천일여고 3학년 조희숙입니다. 저는 우리 학교 방송부장을 맡고 있으며 장래에 아나운서가 되는 것이 꿈입니다. 그리고…….”

“저는 천일여고 3학년 이민아입니다. 저는 우리 학교 학생회장으로서…….”

“저는 천일여고 3학년 박주아입니다. 저의 취미는 독서, 미술 감상, 영화 관람입니다. 그리고…….”

자기 자랑만 잔뜩 늘어놓는 세 여학생의 소개가 끝났다.

“저는 천일여고 2학년 이숙희입니다.”

나는 간결한 그녀의 소개가 마음에 들었다. 그래서 목을 쭉 빼고 그녀를 보려 했다. 하지만 그녀는 내 자리와 대각선 끝에 앉아 있어서 보이지 않았다. 일어선다면 볼 수 있겠지만, 나는 그럴 만한 용기가 없었다.

이윽고, 모든 이들의 소개가 끝나자, 주선자 여학생이 입을 열었다.

“이제 파트너를 정하겠습니다.”

드디어 눈치 게임이 시작됐다. 마음에 드는 파트너를 차지하려는 경쟁에 돌입한 것이다. 하지만 나는 2학년 여학생이 내 파트너가 될 것이 뻔하기에 별생각이 없었다.

　그런데, 분위기가 좀 이상했다. 모든 선배의 시선이 한곳으로 향하고 있었기 때문이다.

　"왜들 이런대……."

　나도 모르게 이들의 시선을 따라갔다. 그리고 나하고 동급생인 그 여학생이 있는 쪽이라는 것을 알게 됐다.

　나는 참지 못하고 벌떡 일어나 그 여학생을…… 봤다. 새하얀 얼굴, 오똑한 코, 감은 듯 두 눈을 내리깐 그녀가 도도하게 앉아 있었다.

　나는 소리쳤다.

　"저 먼저 가겠습니다!"

　"깜짝이야."

　"야 인마, 가든지, 말든지 알아서 해."

　나는 다짜고짜 그녀의 손을 잡아끌고 빵집을 빠져나왔다.

　"엄마야."

　그녀가 잠시 놀라는 듯했지만, 별다른 저항 없이 나를 따라 나왔다.

　나는 고등학생이 되도록 여학생과 말을 섞어 본 적 없는 숙맥이다. 그런 내가 어떻게 이런 용기를 냈는지 모르겠다.

　내 돌발행동에 선배들과 여학생들이 갖은 욕지거리를 해 댔다.

　"야 이 새끼야!"

　"어머, 쟤 미쳤나 봐."

　"왜 저런대?"

　"야 인마, 돌아오지 못해!"

“너 나중에 학교에서 보자.”

“아주 죽을 줄 알아.”

이들의 협박에도 나는 그녀의 손을 붙잡고 밖으로 나왔다.

그런데, 내가 잡은 그녀 손이 마치…… 금방 쑨 묵처럼 매끄럽고 또 폭신했다. 난생처음 느껴 보는 부드러움이었다.

나는 얼른 그녀의 손을 놔줬다. 나무 등껍질 같은 내 손이 너무 창피했다.

“야! 너 뭐야? 내가 그렇게 우습게 보여? 너 죽을래!”

조금 전, 부끄러워서 얼굴도 들지 못하던 그녀가 욕설에 버금가는 말투로 나를 몰아세웠다.

그럼에도 나는 헤벌쭉 웃었다.

“야! 너 지금 웃음이 나와?”

어이없다는 표정의 그녀가 갑자기 돌아서서 가려고 했다.

나는 다급하게 그녀를 불렀다.

“잠깐만!”

그녀가 가던 길을 멈추고 나를 돌아봤다.

그녀가 다소곳한 모습으로 서 있는…… 것이 아니라, 나를 무섭게 노려봤다.

“야! 사람을 불렀으면 말을 해.”

나는 딱히 할 말이 있었던 것은 아니기에 그냥 헤벌쭉 웃었다.

그녀가 내게 성큼성큼 다가왔다. 그리고 내 얼굴에 손을 흔들었다.

“야! 너 바보야? 왜 그렇게 웃기만 해?”

나는 한 번 더 용기를 냈다.

“너……, 집이 어디야? 내가 바래다줄게.”

그녀가 피식하고 웃었다. 그리고 이내 돌아서서 역전 쪽으로 향했다.

나는 그녀의 미소를 허락이라 생각하고 무작정 따라갔다.

한동안 앞서가던 그녀가 뒤를 살짝 돌아봤다. 내가 잘 따라오는지 확인이라도 하는 것 같았다.

“나, 잘 따라가고 있어.”

그녀가 내게 입을 삐쭉 내밀었다.

“피, 그러든지 말든지.”

나는 쑥스러움을 무릅쓰고 그녀 옆으로 다가갔다.

“야, 좀 떨어져, 누가 보면…….”

나는 아랑곳하지 않고 그녀와 보조를 맞추며 걸었다.

그녀가 어이가 없다는 듯 또 웃었다.

잠시 후, 그녀가 광장을 가로질러 역 대합실로 들어갔다. 기차를 타려는 것이다.

역 대합실은 사람들의 아우성과 안내 방송이 뒤섞이면서 정말 시끄러웠다.

“이번 열차는 서울행, 서울행 열차입니다, 타는 곳 4번, 4번입니다.”

그녀는 이 상황이 익숙한 듯 매표소에 가서 줄을 섰다. 그리고 내게 물었다.

“너, 정말로 나 데려다줄 거야?”

나는 고개를 격하게 끄덕여 주고 그녀의 가방을 뺏어 들었다.

“너는 내가 어디 사는 줄 알고, 데려다준다는 거야?”

“어디든 상관없어.”

“바보…….”

그녀가 내게 ‘천안－온양’ 구간 열차표 한 장을 내밀었다. 그리고 내가 들고 있던 가방을 도로 가져가려 했다.

“가방 이리 줘.”

나는 그녀의 말을 무시하고 앞서서 개찰구를 통과했다.

“야, 같이 가.”

그녀가 나를 향해 뛰어왔다.

“야, 같이 가자니까.”

그녀가 내 팔을 덥석 잡았다. 순간, 가슴이 울렁거렸다.

나는 오지도 않은 열차를 찾는 척 이리저리 두리번거렸다.

“잠시 후, 장항선, 장항선 열차가 도착하오니, 승객 여러분은 뒤로 물러나 주십시오. 이번 열차, 장항선, 장항선 열차입니다.”

기적 소리와 함께 열차가 천천히 들어와 플랫폼에 정차했다.

그녀가 소리쳤다.

“우리, 이 기차 타야 해.”

그녀가 우리라고 했다.

나는 ‘우리’라는 말이 이처럼 기분 좋은 단어인 줄 몰랐다.

나는 뛰는 가슴을 부여잡고 객차에 올랐다.

객차 안은 그냥 서 있는 것조차 어려울 정도로 만원이었다.

이 열차는 천안을 출발해서 온양(아산), 예산, 홍성, 대천 등 소도시를 거쳐 장항까지 간다. 그렇다 보니 통학생 대부분이 이 열차를 이용한다.

나는 객차에 오르자마자 재빠르게 한구석을 차지했다. 그리고 그곳에 그녀를 밀어 넣고 양팔로 막았다. 내 나름, 엉큼한 남학생들로부터 그녀를 보호하려는 것이다.

누군가 뒤에서 과도하게 버티는 내게 불만을 토로했다. 하지만 나는 아랑곳하지 않았다.

그녀가 웃었다. 초승달 모양 두 눈이…… 나를 향해 환하게 웃었다. 순간, 가슴에 통증이 느껴졌다. 나는 놀라서 가슴에 손을 대 봤다. 그리고 알게 됐다. 지금 내 심장이 미친 듯이 뛰고 있다는 것을……. 당황스러움에 얼굴까지 화끈거렸다.

그녀가 걱정스러운 표정으로 내 얼굴을 살폈다.

"너 어디 아프니? 너 혹시……."

"아, 아니거든!"

나는 내 마음을 들킨 줄 알고 정색했다.

"야, 아니긴 뭐가 아니라는 거야, 너 차멀미 하냐고?"

"아, 아니야."

"그래? 이마에 땀 좀 봐라."

"더, 더워서 그래."

나는 얼른 창밖으로 눈을 피했다.

그녀가 내게 손부채질을 해 줬다.

그녀가 일으키는 상큼한 바람이 코끝을 간지럽혔다.

나는 이 순간이 영원하기를 바라며 눈을 감았다.

"야, 거의 다 와 간다."

눈을 떠 보니 창밖 풍경이 빠르게 지나갔다. 평상시에는 그리 더디던 완행열차가 남의 속도 모르고 빠르게 달려갔다.

잠시 후, 우리는 온양역에 내렸다.

그녀는 역사를 빠져나와 버스 정류장으로 갔다.

"버스 타고 조금만 더 가면 우리 집이야."

우리가 탄 버스는 이십여 분을 달려서 그녀가 사는 동네에 진입했다. 길 양쪽에는 슈퍼, 세탁소, 전파사, 복덕방, 문구점 등 여러 가게가 빼곡하게 자리하고 있었다.

그녀는 버스에서 내리자마자 내가 들고 있던 자기 가방을 가져갔다.

"너 '우주영'이라고 했지?"

"응? 응."

나는 그녀 이름이 기억나지 않았다. 분명 들었는데……, 영 생각나질 않았다. 정말 난감했다.

이때였다.

"주영아, 정식으로 소개할게, 나는 이숙희야."

그녀는 내가 당황하는 이유를 알기라도 한다는 듯 자기 이름을 알려 줬다.

"맞다. 숙희……."

나도 모르게 그녀 이름을 되뇌고 말았다.

"수, 숙희야, 어서 들어가."

“아니야, 우리 집은 코앞이니까, 너 버스 타는 것만 보고 갈게.”

숙희가 목을 쭉 빼고 버스가 오는 쪽을 살폈다.

이때, 멀리에서 버스 한 대가 눈치도 없이 달려왔다.

순간, 지금 헤어지면 다시는 그녀를 만날 수 없다는 생각이 들었다.

“저, 기, 숙희야.”

“응?”

하지만, 말이 쉬 나오지 않았다.

“뭔데? 말해 봐.”

“아, 아니야.”

나는 남자답게 ‘다음에 또 만나자’라고 말하고 싶었다.

“주영아, 버스 왔다.”

“…….”

무정한 버스가 한 치의 오차도 없이 내 앞에 섰다. 그리고 차 문이 열리더니 차장 누나가 소리쳤다.

“온양, 온양역 가실 분!”

나는 아쉬움 가득한 인사를 했다.

“자, 잘 있어.”

“주, 주영아…….”

내 착각일 수도 있지만, 그녀 목소리에서 아쉬움이 느껴졌다.

나는 결국 이 버스를 타지 않았다.

이때, 차장 누나가 나를 노려보며 소리쳤다.

“안 탈 거면, 오라이!”

버스가 가차 없이 문을 닫아 버리고 가 버렸다.

버스가 떠난 자리에 우리는 우두커니 서 있을 뿐 그 누구도 입을 열지 않았다.

이때, 자전거를 타고 지나가던 아이들이 그녀에게 아는 체했다.

"따르릉, 따르릉."

"누나, 안녕."

"안녕, 누나."

그녀가 아이들에게 어색한 표정으로 고개를 끄덕였다.

잠시 후, 아이들이 사라진 것을 확인한 그녀가 입을 열었다.

"주영아, 왜 버스를 타지 않았어? 나한테 할 말 있어?"

나는 눈을 질끈 감고 말했다.

"숙희야, 나랑 친구 하자."

"친구?"

"그래, 나 괜찮은 놈이니까, 나랑 친구 하자."

"치, 내가 그 말을 어떻게 믿니? 네 선배들을 보니 그다지 괜찮아 보이지 않던데."

그녀가 나를 불량한 학생 취급했다.

"숙희야, 난 그 선배들처럼 술, 담배도 안 하고, 쌈질도 안 한다니까."

"야! 처음 보는 여학생 손을 그리 쉽게 잡는 놈을 나보고 믿으라는 말이야?"

나로서는 정말 억울할 따름이었다.

"숙희야. 나를 좀 믿어 줘."

“글쎄…….”

내가 아무리 사정해도 그녀는 고개만 갸웃거렸다. 하지만 여기서 포기할 수는 없었다.

“숙희야 내가…….”

이때였다, 그녀가 갑자기 내게 다가왔다. 그리고 내 두 눈을 빤히 들여다보며 말했다.

“좋아, 믿어 볼게.”

그녀가 반달 모양 눈웃음을 지었다.

순간, 내 가슴 깊은 곳에서 참을 수 없는 통증이 느껴졌다. 지독한 설렘이었다.

✳ ✳ ✳

토요일 오후, 나는 종례를 마치자마자 친구 집으로 달려갔다. 나는 그곳에 교복을 벗어 던지고 청바지와 티셔츠로 갈아입었다. 이 청바지와 티셔츠는 우리 형의 것이다. 형에게 몇 대 얻어터질 각오로 몰래 훔쳐 왔다.

나는 옷을 갈아입자마자 천안역을 향해 뛰었다.

숨을 헐떡이며 들어선 역 대합실은 언제나 그렇듯이 사람들로 붐볐다. 그럼에도 내 눈에는 그녀만 보였다.

“숙희야!”

나를 발견한 그녀가 껑충껑충 뛰면서 손을 흔들었다.

나는 그녀의 책가방을 뺏어 들고 냅다 뛰었다. 오늘은 꼭 그녀를 좌석에 앉히고 싶었기 때문이다.

다행히, 내가 서두른 덕에 그녀라도 좌석에 앉힐 수 있었다. 하지만 얼마 지나지 않아 젖먹이를 등에 업은 아주머니가 나타났다.

결국 그녀는 아주머니에게 자리를 양보했다.

“아주머니, 여기 앉으세요.”

“고마워, 학생.”

그 덕에 나는 다시 객차 구석에 그녀를 세워 두고 온몸으로 버텨야 했다.

기차가 흔들릴 때면 그녀의 어깨와 등이 이따금 내 가슴에 닿았다. 그럴 때마다 내 심장은 미친 듯이 뛰었고 얼굴은 불에 덴 듯 화끈거렸다.

“주영아, 오늘도……, 너 정말 괜찮은 거야?”

“어, 엉, 괜찮아.”

“그래? 어디 보자.”

그녀가 자기 손등을 내 볼에 살짝 갔다 댔다. 그리고 고개를 갸웃거렸다.

“열이 좀 있는 것 같기도 하고, 아닌 것 같기도 하고, 에이 잘 모르겠다.”

그녀가 내 얼굴에 손부채질을 해 줬다.

그녀의 향기가 내 마음을 간지럽혔다.

이때, 객차 안 스피커에서 찢어질 듯 안내 방송이 들려왔다.

"다음 정차할 역은 온양! 온양역입니다. 내리실 승객께서는 오른쪽, 오른쪽입니다."

평소 느리고도 느린 비둘기호가 오늘은 새마을호보다 더 빠르게 느껴졌다.

우리는 역을 빠져나와 버스 정류장으로 향했다.

오늘 우리는 청춘남녀들의 데이트 성지인 현충사에 간다.

우리는 현충사로 가는 버스에 올랐다. 버스는 정류장 몇 곳에서 손님을 더 태운 뒤 읍내를 빠져나왔다. 그리고 외곽 도로를 시원하게 달렸다.

이때, 누군가 차창을 열어젖히자 바람이 차 안으로 밀려들었다. 순간, 그녀 머리칼이 바람에 흩날리며 내 얼굴을 간지럽혔다. 그리고 그녀의 향기가 내게 날아들었다. 나는 눈을 감았다.

"주영아, 이제 다 왔다. 내릴 준비 해."

오늘은 내가 눈만 감았다 하면 목적지에 도착했다. 정말 이상한 날이었다.

우리는 버스에서 내려 매표소로 향했다.

매표소에는 대기 줄이 길게 늘어서 있었다.

우리는 한참 만에야 표를 사서 현충사로 들어갔다. 하지만 경내도 붐비기는 마찬가지였다.

"엄마야!"

사람들에 밀려서 그녀가 넘어질 뻔했다.

나는 얼른 그녀를 잡아 줬다. 그리고 내 등 뒤에 그녀를 숨겼다.

"숙희야, 나 잃어버리면 안 돼, 알았지?"

"알았어, 내가 네 옷자락을 꼭 잡았으니까, 어서 가."

나는 앞으로 나가는 중간중간 그녀를 확인했다.

"숙희야, 잘 오고 있어?"

"응."

"숙희야."

"잘 가고 있어."

"숙희야."

"……."

내 허리춤이 허전해서 돌아보니, 그녀가 보이질 않았다.

"숙희야!"

"숙희야, 어디 있어!"

"주영아!"

다행히 그녀는 멀지 않은 곳에 있었다. 하지만, 사람들 틈에 끼어서 오도 가도 못했다.

나는 그녀의 손을 힘껏 잡아당겼다.

"엄마야!"

그녀가 사람들 틈에서 빠져나왔다.

"숙희야, 괜찮아?"

"응."

그녀가 내 티셔츠 자락을 단단히 잡았다.

“주영아, 이제 절대 놓치지 않을게.”

“숙희야, 그러지 말고…….”

나는 조심스럽게 그녀의 손을 잡았다. 하지만 그녀 손이 바스러질까 꽉 잡지는 못했다. 그러자 그녀가 내 손을 더 꽉 잡았다.

“수, 숙희야.”

“주영아, 내 손을 절대 놓으면 안 돼, 알았지?”

“아, 알았어.”

살랑살랑 봄바람 때문인지, 아니면 그녀 때문인지……, 나의 마음은 하늘을 날았다.

그녀가 노래를 흥얼거렸다.

“봄 처녀 제 오시네, 새 풀 옷을 입으셨네~

하얀 구름 너울 쓰고 진주 이슬 신으셨네~

꽃다발 가슴에 안고 뉘를 찾아오시는고.

님 찾아 가는 길에 내 집 앞을 지나시나~

이상도 하오시다 행여 내게 오심인가~

미안코 어리석은양 나가 물어 볼까나.”

한복 차림 할아버지 할머니가 남인 양 떨어져서 지나가셨다. 카메라를 목에 건 아저씨가 배를 쑥 내밀고 지나갔다. 형형색색 머리띠를 한 누나들이 재잘거리며 지나갔다.

지나가는 사람들이 나를 자꾸 쳐다본다. 아니, 나만 쳐다보는 것 같았다.

나는 얼른 그녀 손을 놔줬다. 그리고 앞서서 걸어갔다.

"주영아."

돌아보니, 햇살에 눈이 부신 듯, 그녀가 손 그늘을 하고 서 있었다.

나는 다시 그녀에게로 돌아갔다.

"잡았다."

그녀가 잽싸게 내 팔짱을 꼈다.

그녀는 나를 오래전부터 알던 사람처럼 스스럼없이 대했다. 하지만 나는 쑥스러웠다.

"내 손을 터프하게 잡아끌던 주영이는 어디 갔어? 깔깔깔……."

그녀가 어정쩡하게 걷고 있는 나를 놀렸다.

"수, 숙희야, 알았으니까. 이 팔을 좀 놔줘."

"좋아. 대신 나랑 보조 맞추면서 걸어야 해. 알았지?"

"알았어."

내가 그녀 걸음에 속도를 맞추니, 자연스럽게 그녀 어깨가 내게 살짝살짝 닿았다. 그럴 때마다 내 마음이 간지러웠다.

언덕길에 접어들자, 그녀가 내 손을 잡았다.

"주영아, 나 좀 끌어 줘."

그녀가 자꾸 나를 흔들었다.

"주영아, 나 힘들어서 그래, 그러니까 어서 내 손을 당겨 줘."

"아, 알았어."

잠시 후, 등나무 가지 치렁치렁한 그늘 밑 벤치가 나타났다.

우리는 나란히 벤치에 앉았다.

“주영아.”

“응?”

“우리 가족은 엄마, 아빠, 오빠, 그리고 나까지 모두 네 식구야. 아빠는 회사에 다니시고 엄마는 주부고 우리 오빠는 서울에서 공부해.”

그녀 가족은 부모님과 네 살 위 오빠가 있었다.

“우리 오빠는 집에 자주 오지 않아서 속상해. 어릴 때는 오빠랑 엄청 친했는데…….”

그녀는 오빠를 자주 볼 수 없다며 무척 아쉬워했다. 나는 상상도 할 수 없는 우애였다.

“주영아, 너희 가족 이야기도 좀 해 줘.”

“음……, 우리는 할아버지, 할머니, 엄마, 아빠, 그리고 사형제가 사는 대가족이야.”

“정말? 나도 너처럼 북적거리면서 살고 싶다.”

그녀는 내가 가족들 틈에서 얼마나 치열하게 사는지 모르고 하는 소리다. 더욱이 사형제 중 둘째는 무엇이든 양보해야 한다. 먹을 것, 입을 것, 그리고 내가 가지고 싶어 하는 모든 것들을……. 다시 생각해 봐도, 정말 억울하고 서러운 적이 한두 번이 아니었다.

그녀가 나를 유심히 쳐다봤다. 그래서 나도 들여다본 그녀 두 눈에는…… 내가 들어 있었다.

“주영아!”

그녀가 내 얼굴에 손을 흔들었다.

“으, 응? 왜?”

“너, 내 얘기는 듣고 있어?”

“미, 미안, 뭐라고 했어?”

“나, 다음 주에 서울에 다녀와야 한다고 말했잖아.”

“서울? 갑자기 서울은 왜?”

“문병 가야 해, 우리 고모님이 병원에 입원하셨거든.”

“그래? 내가 서울에 같이 가 줄까?”

“정말? 그래 주면 나야 고맙지. 심심하지도 않을 거고.”

✳ ✳ ✳

오늘은 숙희와 함께 서울에 가는 날이다.

주말이라서 그런지 서울행 열차표 구하기가 하늘의 별 따기였다. 결국 우리는 입석 표를 구해서 열차에 올랐다. 순간, 누군가가 내 발을 밟고 지나갔다. 또 누군가가 내 등을 강하게 밀치고 지나갔다. 하지만 나는 꿈쩍도 하지 않았다. 그렇지 않으면 그녀가 부서지고 말 것이기 때문이다.

그녀가 콧노래를 흥얼거렸다. 이처럼 아수라장인 가운데에도 그녀만은 평온했다.

“흥, 흥, 흥…….”

오늘도 나는 그녀의 평온을 위해 버텼다.

　　　　　　　　　　　　　　　　　풍경이 있는 민박집

“숙희야, 너는 이 상황이 재밌어?”

“엉, 재미있어. 기차가 아무리 흔들려도, 사람들이 밀쳐 대도, 나는 너한테 기대기만 하면 되니까.”

우리는 서울역에서 내려 버스로 갈아탔다.

이윽고, 병원에 도착한 그녀가 내 손을 잡아끌고 병실로 들어가려고 했다. 나를 자기 고모님께 인사를 시키겠다는 것이다.

“아니야. 나는 여기서 기다릴게.”

하지만 그녀는 막무가내로 나를 잡아끌었다.

“고모, 저 왔어요.”

“오냐, 어서 와라, 그런데 네 뒤에 있는 애는 누구냐?”

“제 친구예요. 저랑 같이 왔어요.”

나는 엉겁결에 인사를 했다.

“안녕하십니까? 저는 우주영입니다.”

“너는 내가 안녕한 것처럼 보이느냐?”

“예? 그, 그런 것이 아니고…….”

숙희 고모는 내가 마음에 들지 않았는지 초면에 면박부터 주셨다.

“깔깔깔…….”

숙희 고모님이 병실이 떠나가라 웃으셨다.

“네가 숙희 남자 친구로구나.”

“예? 예에…….”

“사내놈이 목소리가 그게 뭐란 말이냐? 쯧쯧쯧…….”

"고모! 그만하세요."

"내가 좀 놀렸기로서니, 사내놈이 그리 풀이 죽어서야 어디다 쓰겠느냐?"

이처럼 나를 놀리시던 고모님이 내게 이것저것 물으셨다.

"그래, 공부는 잘하느냐? 부모님은 뭐 하시느냐? 집은 어디고……."

숙희는 내가 곤란해하면 알아서 대신 얼버무려 줬다.

내게 질문 공세를 퍼부으시던 고모님께서 침대에 누우셨다.

"얘들아, 내가 좀 곤하구나. 너희들은 이만 가 보거라."

우리는 문병을 마치고 내려왔다.

며칠 뒤, 체육관으로 누가 나를 찾아왔다.

"네가 주영이냐?"

"예, 그런데 누구세요?"

"나? 숙희 오빠야. 나랑 얘기 좀 하자."

나는 이상한 생각이 들었다. 나를 어떻게 알았고 또 왜 찾아왔을까 하는 의문이 들었다.

"주영아, 요 앞 청자다방에서 기다릴 테니까, 운동 끝나면 그곳으로 와라. 알았지?"

"예."

나는 운동을 일찍 마치고 다방으로 갔다.

잠시 후, 다방에 들어서자 나를 발견한 그녀 오빠가 손을 흔들었다.

"여기."

나는 죄인처럼 자리에 앉자마자 고개를 숙였다.

"주영아……, 내가 불쑥 찾아와서 놀랐지?"

"예? 예……, 그런데 형님께서 무슨 일로……."

"형님? 이 녀석 넉살 좀 보게, 하하하……."

나야 형이라 부르는 것이 일상이지만 이 형은 처음 듣는 양 생소해했다.

"주영아, 내가 우리 고모한테서 들었는데……."

그랬다. 내가 숙희 고모님께 다녀온 것이 문제였다.

"주영아, 고모가 너를 나쁘게 보지는 않으셨는데……, 다만, 공부가 아니라 운동을 한다면서 걱정하셨어. 그래서……."

숙희 고모님은 공부만 잘하고 세상 물정 모르는 당신 조카가 나 같은 놈을 만나는 것이 못마땅하셨던 것이었다.

나는 입이 바짝바짝 말랐다.

"주영아, 혹시 숙희가 나에 대해서 이야기를 한 적이 있어?"

"예? 예, 오빠가 서울에 있다고 했는데, 왜 그러세요?"

"숙희도 내가 창피해서 거기까지만 얘길 했을 거야. 오빠라고 하나 있는 것이 삼수생이니까……."

"예? 아닙니다. 오빠가 자주 집에 내려오지 않아서 속상해하던걸요. 형님을 무척 보고 싶어 했다니까요."

"정말이야?"

"그렇다니까요."

옅은 미소까지 보이던 이 형이 갑자기 머리를 흔들었다.

"내가 이럴 때가 아니지……, 주영아……, 우리 부모님이 숙희한테 많은 기대를 하고 계셔. 그래서……."

숙희와 헤어지라고 할 것 같았다.

"우리 숙희하고 헤어졌으면 한다."

어느 날, 이 형이 온양 시골집에 내려갔더니, 어머니께서 '숙희가 요즘 주말만 되면 그렇게 멋을 부리고 나간단다. 콧노래까지 부르면서 말이다. 아무래도 숙희한테 남자 친구가 생긴 것 같은데.'라고 하시며 한 걱정을 하셨다고 한다.

'너의 미소만으로도 좋아 죽는 내게 뭘 더 잘 보이려고 그러는지……, 정말 알다가도 모르겠다.'

아무튼, 나는 그녀와 헤어질 수 없다.

"형님, 저는 헤어질 수 없습니다."

"뭐야!"

"대신, 숙희 학업에 지장이 없도록 조심하겠습니다. 그러니 형님께서 눈을 감아 주십시오."

구구절절 나를 설득하러 온 이 형에게는 미안하지만, 어쩔 수가 없었다.

"너는 숙희가 그리 좋으냐?"

이 형의 말투가 다소 부드러워졌다.

"그, 그런 것이 아니고……."

“인마, 아니긴 뭐가 아니야, 네 얼굴에 다 쓰여 있는데.”

나는 멋쩍게 웃었다.

“나도, 숙희가 누구를 사귀든 상관하고 싶지 않아. 내 동생이지만 숙희는 공부도 연애도 알아서 잘할 거라 믿거든……. 그리고 오늘 너를 만나 보니까, 어른들이 괜한 걱정을 하신다는 생각이 들었어.”

“저, 정말이세요?”

“그래도 네가 내 동생을 좋아한다면 앞으로는 더 배려해 주길 바란다.”

나는 이 형이 맘에 들었다. 은근하게 나를 배척하던 고모님과 달리 이 형은 나를 숙희의 남자 친구로 인정해 줬다.

“주영아, 너희 둘이 사귀는 것을 우리 부모님께는 절대 들키면 안 돼, 알았지? 그리고 내가 너를 만난 것도 숙희한테는 비밀로 해 줘.”

이 형은 어른들의 불안함을 해소해 주고, 숙희와 내 입장까지 헤아려 주는 좋은 사람이었다.

그리움이었음을

그렁그렁하던 너의 눈물을 닦아 줄걸 그랬다.
들썩이는 너의 어깨를 안아 줄걸 그랬다.
애처로운 너의 넋두리를 들어 줄걸 그랬다.
나의 후회는 아직도 그곳에 남아 너를 기다린다.

"주영아! 너 끝까지 이럴 거야?"
나는 그녀의 흥분부터 가라앉히려 했다.
"숙희야, 진정 좀 해."
"아니, 오늘은 반드시 네 대답을 듣고 말 거야. 그러니까 피할 생각
은 하지도 마."
그녀가 나를 몰아세웠다. 하지만 나는 묵묵부답으로 일관했다.
"주영아, 제발……, 네가 무슨 말을 해도 다 이해할 테니까, 이제는
말 좀 해 봐."

그녀의 애처로운 종용에 가슴이 아팠지만, 나ᄆ-저 그녀의 폭풍 속으로 뛰어들 수는 없었다.

이런 내 각오를 아는지 모르는지, 그녀가 나를 향해 버티고 서 있었다.

"주, 영, 아."

그녀의 울음 섞인 부름에 가슴이 미어졌다.

"주영아, 제발……."

그녀 두 뺨에 굵은 눈물이 하염없이 흘러내렸다. 순간, 메말라서 바스러진 줄만 알았던 내 설움이 꿈틀거렸다.

나는 눈을 감았다.

"……."

"주영아, 제발……."

오열하던 그녀가 내 손을 잡았다. 순간, 그녀를 그리워하던 수많은 나날이 주마등처럼 지나갔다.

"보고 싶었어."

나도 모르게 그녀에 대한 그리움을 토해내고 말았다. 얼른 입을 닫았지만, 이미 늦은 뒤였다.

"너, 방금 뭐라고 했어?"

"아, 아무것도……."

"다시 말해 보라니까."

"수, 숙희야……."

"어서 말하라고!"

"……숙희야, 보, 고, 싶었어."

"이, 이, 나쁜 놈아! 그런 놈이, 왜 도망쳤어? 입이 있으면 말해 보란 말이야!"

그녀가 고래고래 소릴 질렀다.

그녀는 내가 떠난 이유를 모르는 눈치였다. 그렇다고 그 가슴 아픈 이야기를 꺼낼 수는 없었다.

1983년. 어느 날.

나는 숙희 어머니와 약속했다.

"어머니 말씀대로 하겠습니다. 대신, 제가 프로에 데뷔하면 저를 인정해 주십시오."

"그, 그래."

하지만 나는 나의 꿈도, 나의 사랑도 모두 잃고 말았다.

그분은 만신창이가 된 나를 찾아와 다그치셨다. 이제 챔피언은 고사하고 운동도 못 하게 됐으니, 숙희하고 당장 헤어지라 하셨다.

나는 울면서 간청했다. 하지만 그분은 그로기 상태인 나에게 마지막 일격을 가하셨다.

"주영아, 우리 아이를 정말 사랑한다면……."

그분은 나란 놈을 꿰뚫고 계셨다. 그래서 너무 서운했지만, 나는 받아들였다.

그때만 생각하면 지금도 가슴이 아프다.

"숙희야, 내가 다 잘못했어……. 그렇다고 용서해 달란 말은 아니야."

"다 필요 없고, 나를 왜 떠났는지나 말해."

"……."

"어서 말하라니까!"

달빛 그을린 그녀 얼굴이 유난히도 파리했다.

"숙희야, 이러다가 몸 상하겠다. 어서 집으로 돌아가자."

"나쁜 놈……."

내게 더 이상 얻을 것이 없다고 판단한 그녀가 휙 돌아서서 집으로 향했다.

나는 그러고 가는 그녀 뒤를 몇 발짝 떨어져서 따라갔다.

집에 돌아온 그녀가 나를 힐끗 쳐다보더니 자기 방으로 들어가 버렸다.

✳ ✳ ✳

나는 침대에서 뭉그적거리다가 햇빛과 눈이 마주쳐 어쩔 수 없이 일어났다.

나는 마당으로 난 창을 통해 그녀의 동태를 살폈다. 다행히 인기척이 없었다.

나는 다시 언덕으로 난 창문을 열었다. 태양 빛 머금은 단풍이 형형색색으로 드러나고 아기자기한 코스모스길에…… 그녀가 있었다. 그런데 그녀의 걸음걸이가 좀 이상했다. 평소 팔을 휘휘 저으며 씩씩하던 그녀의 발걸음이 아니라 지금은 무척 위태위태해 보였다.

나는 생각할 겨를도 없이 방을 뛰쳐나갔다. 그리고 언덕을 향해 내달렸다.

아니나 다를까, 내가 그곳에 도착했을 때는 이미 그녀가 길가에 주저앉은 뒤였다.

"숙희야!"

핏기 하나 없는 그녀 얼굴에 땀이 비 오듯 했다.

나는 얼른 그녀를 들쳐 업고 집으로 돌아왔다. 그리고 그녀를 안방 침대에 눕혔다.

"몸이 좋지 않으면 산책하지 말았어야지! 이게 무슨 짓이야!"

나도 모르게 큰소리를 내고 말았다.

"주영아, 너무 걱정하지 마, 감기 기운이 좀 있어서 그래."

어젯밤, 찬 바람을 쐬고 감기에 걸린 것이다.

"숙희야, 병원에 가자."

"아니야, 좀 쉬면 나아질 거야."

나는 집에서 쉬겠다는 그녀를 차에 태우고 읍내 병원으로 향했다.

읍내로 가는 자동차 안.

"숙희야, 조금만 참아."

   풍경이 있는 민박집

핏기 하나 없는 그녀 얼굴에 미소가 번졌다.

"주영아, 이제부터는 아무것도 묻지 않을게……. 어제는 미안했어."

말을 마친 그녀가 눈을 감았다. 창백한 그녀 얼굴이 하얀 코스모스처럼 흔들렸다.

나는 자동차 가속 페달을 깊숙이 밟았다.

읍내 병원.

"선생님! 이 사람이 아픕니다."

나는 간호사 선생님에게 그녀의 증상을 말해 줬다.

"아버님, 증상은 알았으니까, 부인의 성함과 생년월일을 알려 주셔야죠."

"아……, 이, 숙, 희입니다. 그리고 1964년 3월 23일생입니다."

잠시 후, 의사 선생님이 그녀 상태를 살폈다.

"환자분의 감기는 제가 처방한 약을 드시면 그만해질 것입니다. 하지만 체력이 너무 떨어져 있으니, 영양제라도 맞으셨으면 합니다."

그녀가 링거를 맞느라 주사실에 누웠다. 나는 그 옆에 앉아 신문을 뒤적거렸다.

"주영아, 네가 아직도 내 생일을 기억하고 있어서 놀랐어."

"당연하지, 내가……."

나는 얼른 입을 닫았다. 하지만 이미 그녀 두 눈에는 눈물이 그렁그렁했다.

"내가 괜한 소리를 해서……."

그녀가 내 손을 잡고 눈을 감았다. 그녀 숨소리가 들릴 듯 말 듯했다.

나는 그녀가 깰까 봐 꼼짝도 하지 못했다.

잠시 후, 간호사가 링거를 제거하자 그녀가 기지개를 켜며 일어났다.

"아 함……, 오랜만에 잘 잤다."

"좀 어때?"

"음……, 머리도 덜 아프고, 열도 내린 것 같아."

우리는 병원을 나왔다.

집으로 돌아오는 차 안, 그녀가 아무 이유도 없이 자꾸만 웃었다.

"네가 내 생일을 기억하고 있어서, 기분이 묘했어."

나는 대꾸하지 않았다.

"……."

"왜 아무 말이 없어?"

"……."

"아무튼, 네 덕분에 몸도 한결 좋아졌어. 고마워."

"……."

그녀가 콧노래를 흥얼거렸다.

"코스모스 한들 한들 피어 있는 길~~~~"

길가 코스모스가 바람에 휘청거렸다.

나는 집으로 돌아오자마자 식사를 준비했다.

냄비에 손질한 닭 한 마리와 통마늘, 대파, 양파, 통후추, 월계수 잎을 넣고 푹 고아서 육수를 내고, 또 살을 발라냈다. 그리고 육수에 미리 불려 놓은 쌀을 넣고 잘 저으며 끓였다.

　쌀이 익어 갈 즈음, 발라놓은 닭고기 살과 함께 잘게 썬 표고버섯, 당근, 파를 넣고서 한 번 더 끓여냈다. 이렇게 완성된 죽을 그릇에 담고 마지막에 깨를 뿌려 상에 올렸다. 여기에 무말랭이 장아찌, 명란젓, 김치 한 종지로 상을 차렸다.

　“숙희야, 밥 먹자.”

　“도대체 무슨 음식을 만들었기에 이리 큰소리를 치지?”

　“닭죽을 끓여 봤어.”

　그녀가 깔깔대고 웃었다.

　“소리도 요란하고 냄새도 그럴듯해서 잔뜩 기대했더니만, 겨우 죽을 끓였다는 말이야?”

　“얘 좀 보게, 닭죽이 생각보다 손이 많이 간다니까.”

　그녀가 나를 놀리면서 밥상 앞에 앉았다. 그리고 죽을 한 숟갈 떠먹더니 환한 미소를 지었다.

　그녀의 옅은 주름과 새하얀 머리칼 빼고는 옛날 그 미소…… 그대로였다. 순간, 나는 너무 놀라서 시선을 돌렸다.

　“주영아, 이제는 내가 웃어도 별 감흥이 없지?”

　숙희가 넋이 나간 내 얼굴을 보고도 이런 말을 했다.

　“하긴, 나도 이제 늙었으니까.”

　“숙희야, 이야기는 그만하고 식사부터 해.”

　“알겠어.”

　숙희는 내 음식 솜씨 때문에 살이 찌겠다며 너스레를 떨었다.

내가 설거지하고 있을 때였다.

"주영아!"

자기 방으로 돌아간 줄 알았던 그녀가 다시 사랑채로 왔다.

"왜?"

"내가 설거지 좀 도와줄까?"

"아니, 그러지 말고 잠시만 기다려. 내가 설거지 마치고 커피 내려 줄게."

그녀가 식탁에 앉았다.

"주영아, 나도 이제 가을이 좋아졌나 봐, 떨어지는 낙엽보다 가을꽃이 먼저 눈에 들어오는 걸 보면……."

나는 고개를 끄덕여서 이야기를 듣고 있다는 표시만 해 줬다.

"주영아, 우리 아들의 여자 친구가 있는데, 얼마나 착하고 예쁜지 몰라……. 아무래도, 얘들이 결혼 약속을 한 것 같은데……"

그녀가 갑자기 말이 없어졌다. 그래서 돌아보니, 그녀가 합장하듯 두 손을 모으고 시선은 창밖을 향해 있었다.

창밖 하늘에는 정말 신이 타고 다닐 법한 뭉게구름이 떠다녔다.

나도 잠시 눈을 감고 소원했다.

"……부디."

"주영아, 뭐라고 했어?"

"어, 엉? 아무것도 아니야."

"그래? 그럼, 내가 재미있는 이야기 하나 해 줄까?"

분위기를 전환하려는 듯 그녀의 목소리가 밝아졌다.

“무슨 이야긴데?”

“주영아, 내가 대학 졸업하고 어느 회사에 처음 출근했는데, 글쎄, 부서 선배라는 인간들이 나한테 커피 심부름만 시키지 뭐야, 그래서 내가…….”

나는 귀를 쫑긋 세웠다. 숙희는 가만히 당하고 있지만은 않았을 것이기 때문이다.

“주영아.”

“어, 엉?”

“우리가 마치 옛날로 돌아간 것 같지 않아?”

숙희가 하던 이야기는 안 하고 엉뚱한 말을 했다.

“그게 무슨 소리야?”

“나는 이렇게 조잘거리고, 너는 아무 반응도 없이 그냥 듣기만 하는 이 모습 말이야. 옛날 우리 연애하던 때와 같은 느낌이 드는 건 나뿐인가?”

나도 모르게 웃음이 나왔다. 그 시절, 끊임없이 조잘대며 내 마음을 흔들던 이가 생각났기 때문이다.

그녀가 내 어깨를 툭 쳤다.

“너도 그리 생각하지? 깔깔깔…….”

그 옛날처럼 그녀는 혼자 말하고 또 혼자 웃었다.

“주영아, 우리…….”

그녀가 무슨 이야기를 하려다 말았다. 하지만 나는 되묻지 않았다.

설거지를 마치고 돌아보니, 그녀가 보이지 않았다.

✳ ✳ ✳

이른 아침, 누군가 대문을 두드렸다.

나가 봤더니, 숙희 아들이 놀란 토끼 눈을 하고 서 있었다.

"어르신! 저희 어머니가 연락이 되지 않아서요."

젊은이가 나를 밀치다시피 하고는 안방으로 뛰어들었다. 나도 얼른 그를 따라가 봤다.

어딜 갔는지 안방에는 그녀가 없었다. 침대 위에 그녀의 전화기만 놓여 있었다.

"이 새벽녘에 어디를……."

"사장님, 저희 어머니가 가실 만한 곳이……."

"설마, 또 동산에 오르다가……."

나는 뒷동산을 향해 내달렸다. 젊은이도 나를 따라 뛰었다.

우리는 어스름한 언덕길을 뛰어서 올라갔다.

잠시 후, 동산에 올라 보니, 정말 소나무 숲 벤치에 그녀가 앉아 있었다.

숙희가 우리를 보고 놀라 했다.

"에구머니! 두 사람 다……, 웬일이야?"

"엄마! 제가 오늘 내려온다고 했는데 전화를 안 받으시면 어떻게 해요?"

"아이고, 내 정신 좀 봐라."

숙희 아들이 자기 어머니와 주말을 보내기로 했는데 전화를 받지 않아서 이 호들갑이었다.

나는 두 모자만 남겨 두고 동산을 내려왔다. 그리고 이들이 불편해하지 않도록 토요일 내내 집을 나가 있었다.

나는 읍내에서 저녁 식사까지 해결하고 어둑어둑해질 무렵에야 집으로 돌아왔다. 대문을 열고 조심조심 마당을 지나 막 방에 들어가려는데 그녀의 밝은 목소리와 웃음소리가 들려왔다.

나는 방으로 들어가다 말고 마루에 걸터앉아 이들의 웃음소리에 귀를 기울였다.

일요일 아침, 나는 평소와 마찬가지로 읍내에 가기 위해 노트북을 챙겼다.

"어르신, 안에 계십니까?"

젊은이, 아니 그녀의 아들이 나를 찾아왔다.

"어르신, 제가 일찍 돌아가야 해서 인사나 드리려고……."

"그래요, 운전 조심해서 올라가요."

"예, 그리고……, 염치는 없지만, 부탁드릴 것이 있습니다."

"부탁이요?"

"죄송하지만……, 사장님께서 저희 어머니를 가끔 들여다봐 주셨으면 해서요."

"그리하겠습니다."

잠시 후, 두 모자가 서로의 등을 쓰다듬으며 이별을 아쉬워했다.

“엄마, 갈게요. 혹시 무슨 일이라도 생기면 곧바로 전화하세요. 아
셨죠?”

“알았어, 내 걱정은 말고, 운전 조심해서 올라가. 그리고 도착하면
전화해.”

숙희가 골목으로 사라져 가는 아들의 뒷모습을 하염없이 바라봤다.
그리고 아들이 사라진 마을을 내려다보며 눈물을 훔쳤다.

잠깐의 이별에도 그녀는 또 아파했다.

이제는 멀어져야겠다. 나하고의 이별이 덜 서운하도록…….

✳ ✳ ✳

보름 후에는 그녀가 떠난다.

오늘따라 가을볕이 유독 따스하다.

나는 운동화 끈을 동여매고 코스모스 길을 따라 동산으로 향했다.

「코스모스 한들한들 피어 있는 길~

향기로운 가을 길을 걸어갑니다.

기다리는 마음이 초조하여라~

단풍 같은 마음으로 노래합니다.

깊어진 한숨이 이슬에 맺혀서~

　　　　　　　　　　　　　　　　　　　　　　풍경이 있는 민박집

찬바람 미워서 꽃 속에 숨었~네.
코스모스 한들한들 피어 있는 길~
향기로운 가을 길을 걸~어갑니다.
김상희님의 코스모스 피어 있는 길.」

요 며칠, 나는 읍내 커피숍이나 마을회관에서 시간을 보냈다.

오늘도 나는 다 늦은 저녁에야 집으로 돌아왔다.

나는 대문을 빼꼼 열고 집안 동태를 살폈다. 다행히 그녀의 움직임은 보이지 않았다.

나는 안심하고 집안으로 들어섰다.

이때 안방 창문이 벌컥 열렸다. 그리고 그녀가 얼굴을 내밀었다.

"주영아!"

나는 놀라서 얼음처럼 굳었다.

"어, 엉?"

"요즘 뭐가 그렇게 바쁜 거야? 나하고 밥도 먹고, 산책도 좀 하지."

"미, 미안해, 내가 요즘 좀 바쁜 일이 있어서……."

"그랬구나……."

풀죽은 그녀 모습에 나도 잠시 흔들렸다. 하지만 이내 정신을 차렸다. 그래야 그녀가 이곳을 떠날 때 덜 아파할 것이기 때문이다.

그녀가 쾅 소리가 나도록 창문을 닫아 버렸다. 성의 없는 내 핑계가 맘에 들지 않았던 모양이다.

'숙희야, 내가 주는 선의가 이뿐이라서 서운하겠지만, 이러고 있는

내 심정은 오죽하겠니.'

✻ ✻ ✻

오늘은 근동에서 고추 농사를 제일 크게 짓는 이장님을 돕기로 한 날이다.

나는 수건을 목에 두르고, 장화에 밀짚모자까지 눌러쓴 다음 집을 나섰다. 다행히 그녀가 늦잠을 자는지 인기척이 없었다.

나는 옅은 안개 내려앉은 골목을 지나 아랫마을로 향했다.

고추밭이 가까워지자, 사람들의 목소리가 점점 커졌다.

"어르신들, 안녕하세요?"

"우 사장, 어여 와."

밭에는 이미 동네 어른들과 일꾼들이 와 있었다. 그런데……, 그 일꾼 무리 중에 못 보던 이가 하나 있었다. 자세히 보니 일 바지에 차양이 긴 모자까지 눌러썼지만 그녀처럼 보였다.

"설마, 너……."

"주영아."

그녀가 모자 차양을 올리더니 얼굴을 드러냈다.

"숙희, 네가 여기는 웬일이야?"

"웬일이라니? 나도 일하려고 왔지."

 풍경이 있는 민박집

"안 돼, 그러다가, 으, 읍."

그녀가 사람들 눈치를 보며 내 입을 막았다. 그리고 낮은 목소리로 '사람들이 내가 환자라는 것을 알면 안 돼.'라고 했다.

"그래도……."

"쉿, 조용히 하라고."

"그래도 그렇지……."

"나도 밭일을 해 보고 싶단 말이야."

"아, 알았어, 대신, 무리하면 절대 안 돼, 알았지?"

"알았으니까, 잔소리 좀 그만해."

이장님은 남의 속도 모르고 일꾼 하나를 더 데려와 줘서 고맙다고 하셨다.

"자, 자, 일을 시작합시다!"

이장님의 말이 떨어지기 무섭게 나를 포함한 일꾼들이 고추밭으로 뛰어들었다. 그리고 각자 맡은 고랑의 고추를 따 나가기 시작했다.

"주영아, 나 너무 기대돼서 가슴까지 두근거려."

나는 어이가 없어서 헛웃음이 나왔다.

아무튼, 그녀만 모르고 다른 이들은 다 아는 중노동이 시작되었다.

밭고랑에 뛰어들자, 약이 바짝 오른 고추의 매운 내가 코를 찔렀다. 거기에 더해 뜨거운 햇빛까지 작렬하자, 여기저기서 재채기 소리가 들려왔다.

나는 눈치껏 그녀가 맡은 밭고랑 옆자리에서 고추를 따 나갔다.

"숙희야, 힘들면 나한테 말해. 알았지?"

“알았으니까, 네 일이나 해.”

그녀는 연신 재채기하면서도 고추를 따느라 여념이 없다.

“숙희야, 천천히 해.”

“에, 에, 에취! 에취!”

시간이 지날수록 그녀는 다른 일꾼들에 비해 뒤로 처졌다.

나는 얼른 그녀가 맡은 밭고랑까지 손을 뻗어 고추를 따 나갔다.

“주영아, 내가 알아서 할 테니까, 너는 네 일이나 해.”

나는 그러거나 말거나, 두 고랑의 고추를 따 나갔다.

이윽고, 내 손이 지나간 자리에는 헐벗은 고춧대만 덩그러니 남았다.

해가 중천에 떠오르자, 길고 길었던 고랑의 끝이 보이기 시작했다. 고추를 담은 자루가 쌓여 갈수록 나를 비롯한 일꾼들은 무더위와 매콤함에 지쳐 갔다. 그녀 얼굴에도 땀이 비 오듯 했지만, 다행히 별다른 이상은 없어 보였다.

나는 내 고랑의 고추를 다 따내고 나서 얼른 그녀의 고랑 반대편부터 고추를 따기 시작했다. 그리고 얼마 지나지 않아 그녀와 마주쳤다.

“숙희야.”

숙희가 이마에 흐른 땀을 닦아내며 맑게 웃었다.

“주영아, 오늘은 내가 살아 있는 느낌이 들어. 그래서 너무 좋아.”

그동안 그녀의 삶이 얼마나 무기력하고 무료했는지 짐작이 됐다.

땀범벅임에도 웃고 있는 그녀가 행복해 보여서……, 안쓰러웠다.

사람들이 고랑의 고추를 다 따낼 때쯤, 새참을 내왔다.

“다들 나와서 새참 드세요!”

잠시 후, 나무 그늘 아래로 사람들이 모여들었다.

이장 댁 아주머니가 비빔국수와 파전, 그리고 막걸리를 준비해 오셨다.

사람들이 국수를 한 그릇씩 받아 들고 저마다 자리를 잡았다. 나도 숙희와 함께 국수를 한 그릇씩 받아 들고 이들 틈에 끼어 앉았다.

참기름 향 가득한 국수에는 채 썬 당근, 오이, 상추가 빼곡했다.

나는 국수를 한입 크게 빨아들였다. 새콤달콤한 국수에 허기까지 더해지자, 천하제일의 진미도 부럽지 않았다. 그녀도 볼이 터지도록 면발을 빨아들였다.

“숙희야, 좀 천천히 먹어.”

이때, 동네 할머니 한 분이 노란 주전자를 들고 우리에게 다가오셨다.

“우 사장, 막걸리 한 잔 혀.”

“아, 아니요. 저는 괜찮습니다.”

이때였다. 숙희가 내 술잔을 대신 받았다.

“어르신, 저한테 주세요. 제가 마실게요.”

“이, 이, 그려.”

그녀는 할머니가 따라 주신 막걸리를 단숨에 들이켰다. 그리고 할머니에게 다시 빈 잔을 내밀었다.

“아이고, 서울 아줌씨가 퇴주 그릇이었구먼, 호호호. 술은 많으니께 맘껏 마시더라고.”

“예, 어르신. 호호호…….”

나는 그녀의 넉살에 헛웃음이 나왔다.

“숙희야, 괜찮겠어?”

그녀가 한쪽 눈을 찡긋했다. 그리고 할머니가 따라 주신 막걸리를 단숨에 들이켰다.

“주영아, 막걸리가 왜 이렇게 달지? 호호호…….”

그녀의 기분이 왜 이렇게 좋은지 이해할 수가 없었다. 그래도 그녀가 웃으니…… 좋았다.

“새참들 다 드셨으면 이제 일들 합시다!”

숙희와 나는 다시 밭고랑으로 뛰어들었다.

“숙희야, 술 마시고 일할 수 있겠어?”

그녀가 나를 힐끗 보더니, 보란 듯이 고추를 따 나갔다. 그런데 그 손놀림이 오전보다 더 능숙했다.

“봤지?”

그녀가 으스댔다.

나는 웃음을 애써 참았다.

“우 사장! 어째서 우리 늙은이보다 손이 더디다는 말인가?”

이장님의 핀잔에 나는 퍼뜩 정신을 차리고 고추를 따 나갔다.

오후가 되자, 고추 내는 더 독해졌고 가을볕은 더 따가웠다.

나는 일하는 중간중간 그녀를 살폈다.

“숙희야, 힘들면 그만해도 돼.”

“아니야, 나도 저분들처럼 끝까지 해낼 거야.”

여기저기에서 재채기 소리가 들렸다. 물론 바로 옆 고랑에서 가장 크게, 가장 자주 들려왔다.

“에, 에, 에취!”

그녀는 눈물 콧물 흘려 가며 고추를 따 나갔다.

이윽고, 서산 기슭이 붉게 물들어 갈 즈음, 넓은 고추밭이 휑한 벌거숭이가 되었다.

할머니들이 목에 걸쳤던 수건을 풀어 옷 먼지를 털어냈다. 그녀가 이 모습을 유심히 보더니 그대로 따라 했다.

“다들 수고하셨어요.”

“그려, 고생들 했어.”

동네 할머니 한 분이 숙희의 등을 토닥거리시며 말씀하셨다.

“서울 깍쟁인 줄 알았더니만, 일을 제법 하는구면. 고생했어.”

“아닙니다. 저 때문에 폐가 되지는 않았는지 걱정입니다.”

“아녀, 도시 사람치고는 잘혔어. 그러니까 나중에 또 오드라고.”

“네, 불러만 주시면 꼭 올게요. 호호호…….”

나는 그녀의 넉살에 웃고 말았다.

“주영이 너, 왜 웃어? 나 비웃은 거지?”

“아, 아니야, 어서 집에나 가자.”

고추밭에서 사람들이 하나둘 사라져 갔다.

그녀도 나도 하얀 일당 봉투를 받아 들고 집으로 향했다.

“숙희야, 괜찮아?”

“뭐, 조금 힘들기는 했지만 재미있었어. 그리고 이렇게 돈도 벌었잖

아. 호호호…….”

그녀가 하얀 봉투를 흔들었다.

“숙희야, 피곤할 테니까, 오늘 저녁은 내가 준비할게.”

“우리 그러지 말고, 읍내에 가서 짜장면 먹자. 태어나 처음 일당도 받았으니까, 내가 쏠게. 호호호…….”

그녀의 웃음소리가 골목에 울려 퍼졌다.

우리는 샤워를 마치고 읍내로 향했다.

읍내로 향하는 차 안, 그녀가 동네 할머니들과 나눴던 이야기를 꺼냈다.

“주영아, 어떤 할머니가 나하고 너하고 무슨 사이냐고 물으시더라. 그래서 내가 뭐라고 대답했는지 알아?”

동네 어른들도 우리가 친구 사이라는 것을 이미 아신다. 그래서 장난처럼 물으셨을 것이다.

“숙희야, 너 짜장면 먹어도 돼? 너무 기름지지 않아?”

“너는 또 피하는구나…….”

“…….”

그녀가 창밖으로 얼굴을 돌렸다.

어색함에 켠 라디오에서 노래가 흘러나왔다.

「라일락 꽃향기 맡으면

잊을 수 없는 기억에

햇살 가득 눈부신 슬픔 안고
버스 창가에 기대 우네
가로수 그늘 아래 서면
떠가는 듯 그대 모습
어느 찬비 흩날린 가을 오면
아침 찬바람에 지우지

이렇게도 아름다운 세상
잊지 않으리 내가 사랑한 얘기
우 우 여위어 가는 가로수
그늘 밑 그 향기 더 하는데
우 우 아름다운 세상
너는 알았지 내가 사랑한 모습
우 우 저 별이 지는 가로수
하늘 밑 그 향기 더 하는데

가로수 그늘 아래 서면
떠가는 듯 그대 모습
어느 찬비 흩날린 가을 오면
아침 찬바람에 지우지

이렇게도 아름다운 세상

잊지 않으리 내가 사랑한 얘기

우 우 여위어 가는 가로수

그늘 밑 그 향기 더 하는데

우 우 아름다운 세상

너는 알았지 내가 사랑한 모습

우 우 저 별이 지는 가로수

하늘 밑 그 향기 더 하는데

내가 사랑한 그대는 아나

이문세님의 가로수 그늘 아래 서면.」

이윽고, 우리는 읍내 중국집으로 갔다.

"여기 짜장면 둘 하고, 탕수육 하나 주세요."

그녀가 자리에 앉자마자 주문부터 했다. 그리고 식당 안 여기저기를 두리번거렸다. 나하고 눈을 마주치지 않으려는 것 같았다.

어색한 순간이었다.

잠시 후, 주문한 짜장면과 탕수육이 나왔다.

그녀가 고개를 숙이고 게걸스럽게 면발을 빨아들였다. 턱과 입 주변에 검은 소스를 묻혀 가면서 급하게 먹었다. 배가 몹시 고팠던 모양이다.

"숙희야, 좀 천천히 먹어, 그러다 체하겠어."

그녀가 갑자기 젓가락질을 멈췄다.

"숙희야, 왜 그래?"

그녀는 흘러내린 머리칼에 얼굴을 숨기고 미동도 하지 않았다.

나는 그녀 얼굴에 묻은 소스를 닦아 주며 물었다.

"숙희야, 너 괜찮아?"

"손대지 마! 내 얼굴에 손대지 말란 말이야!"

그녀가 내 손을 툭 쳐내면서 화를 냈다.

"수, 숙희야."

그녀 두 눈에 눈물이 그렁그렁했다.

나는 그녀가 왜 화를 내는지 생각해 봤다. 하지만 알 수 없었다.

"숙희야, 왜 그래?"

그녀가 목소리 높여 울기 시작했다.

"엉, 엉, 엉……."

"수, 숙희야, 왜 그래?"

나는 놀라는 한편, 난감해서 어찌할 줄을 몰라 했다.

"엉, 엉, 엉……."

"숙희야, 왜 이러는지 말을 좀 해 봐."

하지만 그녀의 울음소리는 더욱 커져만 갔다.

"엉, 엉, 엉……."

결국 그녀 울음소리가 식당 안에 울려 퍼졌다.

손님들 모두가 나를 노려봤다.

"숙희야, 제발……."

하지만 그녀는 아랑곳하지 않았다.

"엉, 엉, 엉……."

급기야, 두 눈에 쌍심지를 켠 주인아주머니가 우리 테이블로 왔다.

"아저씨! 부부싸움은 집에 가서 할 일이지, 왜 남의 영업장까지 와서 난리요."

"죄, 죄송합니다."

돌아가던 주인아주머니가 내게 다 들리도록 혼잣말을 중얼거렸다.

"사내가 못나게시리 여자나 울리고……."

나도 울고 싶었다.

"숙희야, 제발……."

"엉, 엉, 엉……."

이때, 한 아저씨가 소리쳤다.

"이보시오! 사내가 잘못했으면 사과하고, 다시는 그러지 않겠다고 해야, 그 울음을 그칠 거 아니오. 쯧쯧쯧……."

나는 사과 아니라 무릎이라도 꿇고 싶었다. 하지만 무슨 사과를 하라는 말인지……, 그래도 이 상황을 벗어나려면 무엇이라도 해야 했다.

"수, 숙희야, 내가 다 잘못했어. 그러니까, 그만 울어. 내가 앞으로는……."

이처럼 그녀에게 일단 빌었다. 하지만, 다음 할 말이 떠오르지 않았다.

이때, 그녀가 울음 가득한 목소리로 내게 물었다.

  풍경이 있는 민박집

"그, 그래서, 아, 앞으로는, 어, 어, 어쩌겠다는 거야?"

"그, 야……, 내가 너한테 더 잘해야겠지."

"저, 정말이지? 그 약속 꼭 지켜."

"아, 알았어."

나는 나도 모르는 잘못을 시인하고, 또 앞으로 개선하겠다는 약속을 하고서야 그녀의 용서를 구할 수 있었다.

그녀가 눈물을 훔치더니 내게 새끼손가락을 내밀었다.

나는 그녀가 하자는 대로 다 해 줬다. 그리고 도망치듯 식당을 빠져나왔다.

"주영아, 좀 천천히 가면 안 돼?"

나는 걸음을 멈추고 그녀가 다가오길 기다렸다. 하지만 그녀는 그 자리에 버티고 서서 내게 오라고 손짓했다.

나는 하는 수 없이 그녀에게 돌아갔다. 그러자 그녀가 얼른 내 팔짱을 끼더니, 노래를 흥얼거렸다. 좀 전까지만 해도 세상 다 무너진 듯 슬퍼하던 그녀가…….

"사랑, 사랑, 누가 말했나~~ 향기로운 꽃보다 진하다고~~"

그녀의 감정은 정말 롤러코스터처럼 변화무쌍했다.

"숙희야, 아까 식당에서는 왜 그랬어?"

"뭐야? 너는 네가 무슨 잘못을 한지도 모르면서 사과했다는 말이야?"

나는 아차 했다.

"그, 그런 것이 아니고……."

“호호호…….”

그녀 표정을 보아하니, 내 사과의 진상을 다 아는 눈치였다.

“주영아……, 나는 이곳에 있는 동안이라도 너랑 잘 지내고 싶어……. 그러니까, 내가 돌아갈 때까지만…….”

다행히 그녀가 ‘돌아갈 때까지만’이라고 했다.

“알겠어.”

그녀 표정이 한층 밝아졌다.

“주영아, 아까 그 할머니한테 내가 뭐라고 대답했게?”

“글쎄.”

숙희가 내 얼굴을 쓱 보더니 말했다.

“옛날에, 제가 우 사장을 따라다녔어요. 라고 말씀드렸더니, 그 할머니가 지금도 그러고 있는 것 같다고 하시더라.”

나는 피식하고 웃었다.

“너, 왜 웃어? 내가 아직도 너를 따라다닌다고 비웃는 거야?”

“그게 아니고…….”

하마터면 나도 그녀를 따라서 추억으로 빠져들 뻔했다. 보고 싶었다는 말 한마디에도 무너질 뻔한 그녀다. 그런 그녀가 내 가슴에 난 상처와 마주한다면 정말 무너지고 말 것이다.

나는 입을 굳게 닫았다.

“주영아, 나는 너랑 같이 있어서 너무 좋아.”

나는 가슴이 조마조마해서 미칠 지경인데, 그녀는 무엇이 그리 좋다는 것인지…….

　　　　　　　　　　　　　　　　　　　　　풍경이 있는 민박집

“주영아, 나는 너랑 더 많은 시간을 보내고 싶어.”

나는 이 순간조차 슬픈 기억으로 남을까 봐 두려운데, 그녀는 추억이라도 쌓고 싶은가 보다.

“주영아, 너는 왜 아무 말이 없어? 그리고 왜 자꾸 내 얼굴만 쳐다봐?”

이때, 바람이 불어오자, 그녀가 어깨를 움츠렸다.

나는 점퍼를 벗어 그녀 어깨에 걸쳐 줬다.

“숙희야, 바람이 차다. 어서 주차장으로 가자.”

집으로 돌아오는 차 안.

“주영아, 나는 이제라도 너를 만나서 다행이라 생각하는데……, 너는 아니지?”

나의 침묵이 그녀에게 너무 가혹한 대답인 것 같았다.

“아, 아니야.”

이별

나의 한숨이 너에게 가 닿기를 바랄게.
너의 한숨이 나에게 와 닿기를 바랄게.

1983년 어느 봄날.

나는 체육관에서 프로 데뷔를 위한 훈련에 매진했다. 우리는 대학생과 운동선수라는 어울리지 않는 신분임에도 사랑에는 변함없었다. 비록 한 달에 두어 번밖에 만나지 못하지만, 우리의 사랑은 더 깊어만 갔다.

어느 날. 숙희가 나를 찾아왔다.

"주영아, 엄마가 우리 사이를 알게 됐어……. 조만간 너를 찾아가실 거 같아."

숙희 어머니께서 자신의 귀한 딸이 깡패 같은 놈과 만난다며 길길이 뛰셨다고 한다.

“그래서 말인데, 우리 엄마가 나랑 헤어지라고 하면, 그냥 그러겠다고 말씀드려.”

“뭐, 뭐라고? 나랑 헤어지겠다는 거야?”

“바보야, 그게 아니고, 당분간은 우리 엄마 몰래 만나자는 얘기야.”

나는 당당하고 싶었다.

“숙희야, 그러지 말고 내가 너희 어머니께 허락을 받아 볼게.”

“…….”

내가 말은 이렇게 했지만, 나도 그녀도 쉬운 일이 아님을 알고 있었다.

어느 날, 내가 체육관에서 운동하고 있을 때였다.

“주영아! 손님 오셨다.”

체육관 입구에는 중년의 부인이 서 계셨다. 순간, 그분이란 생각이 들었다.

“제가 주영입니다. 누구세요?”

“나, 숙희 엄마다.”

그분의 차갑고 단호한 말투에 나는 주눅이 들었다.

“아, 안녕하세요.”

짙푸른 양장차림 그분이 땀범벅인 나를 경멸하듯 쳐다보셨다.

“그 꼴이 뭐니? 어서 씻고 나오너라. 할 얘기가 있다.”

나는 샤워하고 체육관을 나섰다.

“따라오너라.”

위압적인 그분의 명령에 나는 고양이 앞의 쥐처럼 조용히 따라갔다.

잠시 후, 그분과 나는 근처 다방으로 가서 마주 앉았다.

그분이 자리에 앉자마자 나를 뚫어져라 보셨다. 하지만 나는 고개도 들지 못했다.

이윽고, 그분이 입을 여셨다.

"주영아."

"예."

"우리 숙희를 사랑하니?"

나는 생각지도 못한 질문에 놀랐다. 하지만, 분명히 말씀드렸다.

"예. 사랑합니다."

"너, 정말, 어이가 없는 애구나."

"……."

"좋다. 네가 정말 우리 숙희를 사랑한다면 헤어지거라. 우리 애 앞길을 막지 말란 말이다."

나도 짐작은 하고 있었지만, 헤어지라는 말을 직접 들으니 서운하고 또 서운했다. 그럼에도 나는 입도 벙긋하지 못했다.

"……."

그분은 내 감정이 조금이라도 흔들리면 단칼에 베어 버리겠다는 눈빛으로 나를 노려보셨다.

나는 꿀 먹은 벙어리처럼 입을 꾹 다물었다. 내가 할 수 있는 최선의 방어였다.

"……."

얼마나 지났을까. 그분이 목소리를 가다듬고 말씀하셨다.

"주영아……, 우리 애는 너를 못 떠날 것 같다. 그러니, 네가 좀 떠나 달라는 말이다. 이렇게 부탁하마."

그분의 부드러운 부탁과 달램이 내게는 더한 협박처럼 들렸다.

"……."

"주영아, 숙희하고 너는 사는 세상이 다르단다. 너희들은 결국 그 차이를 극복하지 못하고 불행해지고 말 거야. 그러니 제발 내 말대로 해 다오."

"……."

"야! 너 같은 애가 우리 애랑 가당키나 하니? 남들이 알면 웃을 일이야."

숙희가 시키는 대로 하고 싶었다. 하지만, 나는 그러지 않았다.

"……."

"애 좀 보게, 어른이 묻는데 대답도 안 하고."

"……."

"야! 너, 정말 못 쓰겠구나."

"저, 기, 어머니……."

"오, 그래, 말해 보거라."

그분의 기대에 찬 눈빛을 보니 차마 입이 떨어지지 않았다. 하지만 나는 나의 의지를 말씀드렸다.

"정말 죄송하지만, 숙희하고 헤어질 수 없습니다."

"뭐, 뭐라고? 내가 그만큼 알아듣게 얘기를 했는데도……, 그래서 어쩌겠다는 거냐?”

“어머니, 저에게도 기회를 주십시오.”

그분이 나를 차갑게 쏘아보셨다.

“너 정말 안 되겠구나.”

나는 다시 입을 꾹 닫았다.

“…….”

나의 완고함에 당황하신 듯 그분은 말을 잇지 못하셨다.

“얘, 얘가 정말…….”

내 머릿속은 ‘이대로 버틴다’와 ‘거짓으로라도 헤어진다’가 팽팽하게 대립했다.

폭풍전야의 고요함이 절정에 이를 즈음이었다. 갑자기 그분이 ‘탁’ 소리가 나도록 찻잔을 내려놨다.

“좋아. 너 이번 주말에 우리 집으로 좀 오너라.”

“예? 집으로요?”

“그래, 이번 주말에 우리 집에서 저녁이나 먹자는 말이다. 그리고……, 오늘 우리가 만난 것하고, 그날 네가 우리 집에 온다는 것은 숙희가 몰랐으면 한다.”

“아, 알겠습니다. 어머니 감사합니다.”

비록 마지못한 초대지만, 나는 희망을 품었다.

숙희네 집에 가기로 한 주말이다.

나는 단정한 옷을 골라 입고 집을 나섰다. 그리고 역으로 가서 온양으로 가는 열차에 올랐다. 순간, 때늦은 걱정이 밀려왔다. 숙희 어머니에 더해 아버지까지 만나려니 겁이 덜컥 난 것이다.

나는 온양역에서 내려 음료수를 사 들고 시내버스에 올랐다.

잠시 후. 버스가 숙희가 사는 동네에 도착했다. 숙희를 집에 데려다주느라 수없이 와 봤던 동네지만 오늘은 정말 낯설었다.

나는 숙희네 집으로 통하는 골목을 들여다봤다. 골목 양쪽에는 높은 담장으로도 가려지지 않는 이층집들이 거만하게 서 있었다. 말로만 듣던 부촌이었다.

나는 심호흡을 하고 성곽처럼 높이 솟은 담벼락을 따라 걸어갔다. 이윽고, 나는 숙희네 집 앞에 도착했다. 문패에는 '이종수'라고 씌어 있었다.

나는 다시 심호흡을 한 번 더 하고 초인종을 눌렀다.

잠시 후, 대문이 열리면서 숙희 어머니가 나오셨다.

"주영이구나. 어서 오너라."

"안녕하세요."

집 안에 들어서자, 꽃과 나무들로 꾸며진 넓은 정원이 펼쳐졌다. 잔디 깔린 마당에는 금붕어 노니는 연못도 있었다.

이제껏 단 한 번도 생각지 못한 그녀와의 격차가 느껴졌다.

"주영아, 어서 들어와라. 숙희 아버지가 기다리신다."

현관으로 들어서자, 소파에 앉아 계시던 아저씨, 아니, 숙희 아버지가 신문을 내려놓으셨다.

"안녕하십니까, 저는 우주영입니다."

“네가 숙희 남자 친구로구나?”

“예? 예.”

“어서 오너라. 우리 숙희가 벌써……. 하하하…….”

숙희 아버지는 내 걱정과는 달리 인자해 보였다.

숙희 어머니가 식사 준비를 하시는 동안, 숙희 아버지와 나는 거실에 있었다. 하지만 우리는 아무 말도 하지 않고 TV만 뚫어져라 쳐다봤다.

“…….”

“…….”

정말 긴 시간이었다.

“여보, 식사하세요. 주영이도 와서 밥 먹어라.”

“예.”

식탁에는 여러 가지 음식이 차려져 있었다. 평소에는 잘 먹지 못하던 소고기와 잡채, 굴비도 있다.

“주영아, 뭐 하니? 어서 먹지 않고.”

“예, 잘 먹겠습니다.”

무엇부터 먹어야 할지 고민될 정도였다.

“주영아, 왜 그래? 혹시 네 입맛에 안 맞을까 그러니?”

“아, 아닙니다.”

나는 밥술을 크게 떠먹었다.

“와……, 고기가 정말 맛있네요.”

“그건 소불고기란다. 많이 먹어라.”

“소불고기요? 저는 처음 먹어 봅니다.”

“그래? 또 있으니까 많이 먹어라.”

굴비구이, 잡채, 버섯전, 소고기뭇국, 그리고 여러 반찬까지, 어느 것 하나 빼놓을 수 없이 맛있었다. 그중 제일 맛있는 것은 불고기였다. 달콤, 짭조름한 고기가 씹을 새 없이 넘어갔다.

식사를 마치고 나는 두 분과 함께 거실 소파에 앉았다.

“주영아, 너 그 손 좀 보자.”

숙희 어머니가 갑자기 내 손을 잡아당기셨다. 그리고 손 마디마디 옹이처럼 튀어나온 내 손을 만지면서 한숨을 쉬셨다.

내 손을 본 사람들은 대부분 이런 반응을 보인다. 그래서 나는 바지 주머니에 손을 넣고 다니는 버릇까지 생겼다.

“이게 사람 손이라니?”

나는 창피해서 얼굴을 들지 못했다.

이때, 아저씨가 나서셨다.

“여보, 사람 앞에 두고 그런 소리 하는 거 아니오.”

하지만, 숙희 어머니는 끝내 걱정을 가장한 흉을 보셨다.

“주영아, 사람이 얼마나 험하게 살면 손이 이렇게까지 된다니? 너희 집안 어른들께서 뭐라고 안 하신다니? 쯧쯧쯧……..”

결국 아저씨가 끼어들었다.

“주영아, 너희 아버지께서는 무슨 일을 하시냐?”

“공무원이십니다.”

내 대답과 동시에 그분이 또 나서셨다.

"아이고, 쥐꼬리만 한 공무원 봉급으로 할아버지에, 할머니 그리고 그 많은 자식까지 어떻게 건사를 하신다니? 우리 숙희는 모자람 없이 자라서……."

"여보!"

아저씨가 급하게 그분의 말을 끊으셨다.

"당신은 왜 말도 못 하게 하세요? 제가 틀린 말을 한 것도 아니고……."

"여보. 그만해요."

하지만 그분은 아랑곳하지 않았다.

"주영아, 그 권투라는 운동이 잘못하다가는 죽기도 한다면서?"

나는 마음이 아팠다. 내 앞에서 이런 말씀까지 하실 줄은 정말 몰랐다. 이 자리에서 당장 도망치고 싶었다.

이때 아저씨가 나서셨다.

"안 되겠다. 주영아, 이만 돌아가거라."

나는 두 분께 인사드리고 집을 나섰다.

숙희 어머니가 나를 따라 나오셨다.

"주영아, 나도 같이 가자꾸나. 너 버스 타는 것만 보려고 그런다."

나는 불안했다.

그분과 함께 걷는 백여 미터가 마치 천 리처럼 멀게 느껴졌다.

아니나 다를까. 버스 정류장에 도착한 그분이 본심을 드러내셨다.

“주영아, 솔직히 네가 우리 숙희하고 가당키나 하니? 지나가던 개가 웃을 일이다. 얘.”

“어머니.”

“내가 왜 네 어머니니? 그리고, 오늘 우리 집어 와 봤으면 너도 알 거 아니냐? 네가 우리 애랑 가당키나 하냐?”

내 주제를 알라는 뜻이었다.

“어, 어머니…….”

“내가 너 같은 깡패놈이나 만나게 하려고 우리 애를 곱게 키운 줄 아느냐? 당장 떨어지거라!”

“어, 어머니, 저에게도 기회를…….”

“야! 네 주제 파악을 좀 하란 말이야.”

안다. 나도 내 주제를 잘 알지만……, 가슴이 아팠다. 스물한 살 인생 미숙아가 견디기에는 그분의 독설이 너무 거칠었다.

“별, 거지 같은 놈이…….”

순간, 소멸한 줄 알았던 내 자존심이 들끓었다.

“좋습니다. 숙희를 만나지 않겠습니다.”

“너, 너, 정말이지?”

“예.”

“그래, 잘 생각했다.”

“어머니, 그 대신…….”

“헤어지면 그만이지, 대신이라니?”

“제가 프로 데뷔를 하면……, 그때는 저에게도 기회를 주십시오.”

나는 항복을 선언하는 가운데 자존심을 챙겼다.

"……그, 그래. 대신, 데뷔하기 전까지는 우리 애 근처에 얼씬도 하지 말거라."

"알겠습니다. 그럼, 마지막으로 숙희를 만나서……."

"아니, 숙희한테는 내가 잘 얘기할 거니까, 너는 그 아이한테 연락하지 말아라. 알겠지?"

"알겠습니다. 숙희한테 제 의지를 전해 주십시오."

숙희 말대로 몰래 만날 수도 있었지만, 나는 정면 돌파를 선택했다.

그날 이후, 나는 숙희와의 연락을 끊었다. 그분이 내 의지를 잘 전했을 거라 믿고 나는 운동에만 전념했다.

나는 매일 새벽 5시에 일어나 20여 킬로미터를 뛰고, 오후 내내 체육관에서 살다시피 했다. 집에 돌아오면 한밤중이었지만, 나는 고된 하루하루가 지나는 중에도 희망만 품었다.

프로 데뷔전을 일주일 정도 앞둔 어느 날. 체육관 선배들이 나의 선전을 기원한다며 밥을 사 줬다.

우리가 한참 식사를 하던 중, 옆 테이블 손님들이 소란을 피웠다. 딱 보기에도 범상치 않은 사내들이었다.

"야! 술 더 가져오라고 했잖아. 내 말이 말 같지 않아!"

퍽 소리와 함께 깨진 병 조각이 바닥에 나뒹굴었다.

손님들은 식사는 고사하고 이들의 눈치만 살폈다.

“뭘 봐! 이 새끼들아.”

이때, 선배가 나섰다.

“거 조용히 좀 합시다.”

“어떤 놈의 새끼여?”

“우리가 누군 줄 알고······.”

그 무리가 우리 테이블로 우르르 몰려들었다.

심상치 않은 분위기에, 손님들이 하나둘 식당을 빠져나갔다.

그 무리는 우리가 입은 유니폼을 잡아당기며 비웃었다.

“니들 뭐여? 복싱 선수여? 낄낄낄······.”

“니들도 한주먹 한다. 이거여?”

“그래 봐야, 이 칼침 한 방이면······.”

그들이 칼을 빼 들고 위협했다.

선배가 아니꼬운 듯 그들을 노려봤다.

“뭘 꼬나봐. 이 새끼야! 정말 죽고 싶어?”

나는 양쪽을 진정시켰다.

“선배님, 참으세요. 그리고 아저씨들도 진정하시고 테이블로 돌아가세요.”

하지만, 깡패와 권투 선수라는 두 족속이 마주쳤으니, 결과는 불 보듯 뻔했다. 결국, 칼부림과 주먹다짐으로 여럿이 다쳐서 병원에 실려 갔다. 그중에는 나도 포함돼 있었다.

나의 프로 데뷔전은 이렇게 무산되었다.

관장님이 내게 ‘인생은 평탄하지도 호락호락하지도 않단다. 그럼에도 우리는 앞으로 나아가야만 한다.'라고 하셨다. 하지만 나는 더 이상 한 발짝도 나가지 못했다.

　내가 병원에 입원해 있던 어느 날, 숙희 어머니가 나를 찾아오셨다.
　"어, 어머니."
　그분이 나를 위아래로 훑어보셨다.
　"아, 안녕하세요? 어떻게 오셨⋯⋯."
　"일어날 것 없다."
　그분은 붕대 감긴 내 머리와 부은 얼굴을 보시더니 인상을 찌푸리셨다. 또한 깁스해서 움직일 수 없는 내 팔을 만져 보시고 한숨을 쉬셨다.
　"아이고⋯⋯, 주영아 이게 무슨 일이라니?"
　"죄, 죄송합니다."
　"주영아⋯⋯."
　"예."
　잠시 머뭇거리던 그분이 결심하신 듯 말씀하셨다.
　"이왕 이렇게 된 거, 내가 단도직입적으로 이야기하마."
　"⋯⋯."
　나는 마른침을 삼켰다.
　"주영아, 나하고 약속한 대로 이제 우리 아이하고는 완전히 끝내는 거다."
　"어, 어머니⋯⋯."

　　　　　　　　　　　　　　　　　풍경이 있는 민박집

“됐고. 나는 그렇게 알고 있을 거니까, 약속 지켜라.”

나는 그분 앞에 무릎 꿇었다.

“어머니, 제가 열심히 공부해서 대학에 가겠습니다. 그러니 한 번만 더…….”

“깡패가 공부한다고 뭐가 달라지겠니?”

“어, 어머니.”

“애초에 내가 뭐라더냐? 권투 선수나 깡패나 다를 게 없다고 하지 않았느냐?”

“어머니…….”

“너 같은 놈이 감히 우리 애하고 뭘 어쩌겠다는 거야? 정말 기가 차서…….”

“어머니…….”

“이만큼 얘기했으면 알아들어야지! 내 눈에 흙이 들어가기 전에는 너를 받아들이지 않겠다는 말이다!”

“어머니…….”

“너는 자존심만 없는 줄 알았더니 양심도 없구나?”

“…….”

“자기 분수도 모르고 어딜 감히…….”

“…….”

“너희 부모님이 어떤 분들인지 궁금하구나. 도대체 어떤 분들이기에 자식을 깡패로 키우셨나 한번 만나 보고 싶구나.”

“어, 어머니, 그만하세요.”

“뭐야? 부모님 욕먹는 꼴은 못 보겠다는 것이냐?”

그분은 머리를 깨트리는 것보다도 더한 독설을 끝없이 내뱉으셨다. 나는 결국 그분의 벽을 넘지 못하고 항복했다.

“헤어지겠습니다.”

“저, 정말이지?”

“…….”

“잘 생각했다. 암, 사내라면 약속을 지켜야지.”

“…….”

“그럼, 나는 너만 믿고 돌아간다.”

그분이 내 등을 한번 도닥거리시고 이내 병실을 빠져나갔다. 순간, 참았던 눈물이 쏟아졌다.

“수, 숙희야……, 나, 어떻게 해.”

병실 보호자들이 하나둘 다가와 내 등을 도닥였다.

“학생, 그만 울어, 이러다 상처가 덧나겠어.”

“그려, 사랑도 몸이 성해야 하지.

나는 퇴원과 동시에 몸과 마음을 숨겼다.

“주영아, 전화 좀 받아라. 숙희라는구나.”

“없다고 하세요.”

나는 그녀의 전화를 받지 않았다. 그 이후로도 여러 번 연락이 왔지만 받지 않았다.

나는 또다시 그녀 어머니라는 철벽과 마주할 용기가 나지 않았다.

　내 오랜 기억 속에서 울고 있는 한 남자가 보였다. 자세히 보니, 그녀에게 진심을 전하지 못한 젊은 날의 나였다. 순간, 나는 정신이 번쩍 들었다.

“수, 숙희야.”

“어, 엉?”

“나, 너한테 할 말이 있어.”

갑자기 진지해진 내 모습에 그녀가 눈을 동그랗게 떴다.

“왜, 왜 그래?”

“…….”

하지만, 오랜 시간 숨어 있던 나의 심정은 쉬 나오려 하지 않았다.

“얘가 무슨 말을 하려고 이렇게 뜸을 들인데?”

“숙희야……, 사랑해.”

나의 갑작스러운 고백에 그녀가 놀란 입을 다물지 못했다.

“주, 주영아, 너 왜 그래?”

“사랑한다고……, 그날 말해야 했는데, 이제야 말해서 미안해.”

그녀가 자리에 털썩 주저앉았다. 그리고 얼굴을 감싸안고 펑펑 울었다.

　나는 그런 그녀를 내버려뒀다. 우리가 만난 이상 결국 이리될 일이었기에 그녀 스스로 진정하기만을 기다려 줬다.

오랜 설움과의 대면

1983년.

나는 여름방학이 끝나 갈 무렵 고향인 온양 집으로 갔다. 원래는 주영이를 보려고 천안에 갔지만, 어찌 된 일인지 집에도 체육관에도 없었다.

"엄마, 저 왔어요."

"네가 연락도 없이 어찌 된 일이냐? 논문 때문에 바쁘다더니……."

엄마가 나를 이상한 눈으로 쳐다보셨다.

"어, 엄마하고 아빠가 보고 싶어서 왔지."

"너 혹시……."

"네?"

"너 혹시 주영이 만났니?"

"아, 아니요."

나는 우리의 거짓 이별이 들통날까 봐 엄마하고 눈도 마주치지 못했다.

"그 주영이라는 애 말이다. 내가 너하고 헤어지라고 했더니, 두말없이 그러겠다고 하더라. 너희 둘 사이가 그만큼 얄팍했다는 것이다."

나는 엄마가 우리 이별을 굳게 믿고 있어서 안심했다.

다음 날, 나는 서울로 돌아가기 전에 주영에게 다시 전화를 걸었다. 하지만 그는 집에 없었다.

며칠 후, 주영에게 다시 전화를 걸어봤다.

"숙희니?"

"예. 어머니, 저 숙희예요. 오늘은 주영이 있어요?"

"아침에 나가서 아직 안 들어왔단다."

"아, 예……. 어머니, 제 서울 전화번호 아시지요. 주영이한테 전화 좀 하라고 해 주세요."

"아, 알았다. 근데 숙희야, 너 아직도 주영이를 못 만났니?"

"예……."

"그럼, 주영이 군대 가는 것도 모르겠네?"

"예? 그게 무슨 말씀이세요?"

"주영이, 다음 주에 입대하는데……."

나는 너무 놀라서 수업도 빼먹고 천안 주영이네 집으로 내려갔다.

주영이네 집에 갔더니 그는 아직 귀가 전이었다.

주영이를 기다리는 동안, 그의 어머니가 그동안 주영에게 있었던 일을 전해 주셨다. 그가 다쳐서 운동을 못 하게 됐다는 말에 나는 울고 말았다.

“저는 그런 줄도 모르고⋯⋯.”

“주영이가 많이 힘들어했단다. 못 마시는 술까지 마시고⋯⋯.”

주영이는 그렇게 엄청난 일이 있었는데도 나에게 얘기를 하지 않았다. 왜 그랬을까? 하는 의문이 들면서도 한편으로는 서운했다.

이윽고, 다 늦은 저녁이 되어서야 주영이가 집으로 돌아왔다.

“주영아.”

“어, 어?”

주영이 무척 놀라는 눈치다.

“주영아, 우리 너무 오랜만이다.”

“수, 숙희야, 네가 웬일이야?”

“웬일은, 널 보러 왔지.”

주영이 할아버지, 할머니를 비롯한 온 가족이 호기심 어린 눈으로 우리를 쳐다보셨다.

“숙희야, 나가자.”

주영이가 내 손을 잡아끌었다. 그러자 어머니가 말리셨다.

“얘들아, 이 밤에 어딜 가려고⋯⋯.”

“서울 가는 열차 끊기기 전에 숙희 바래다주려고요.”

“주영아, 아직 막차 끊기려면 멀었어.”

“엄마, 다녀올게요.”

주영이 이러고 나가 버리는 바람에 나도 어른들께 인사를 드리고 그를 따라갔다.

“할아버지, 할머니, 그리고 어머니, 안녕히 계세요.”

내가 어른들께 인사를 드리고 나갔더니, 주영이가 가로등 희미한 골목을 쓸쓸히 걸어가고 있었다. 순간, 눈물이 났다. 하지만 나는 눈물을 지우고 목소리를 높였다.

"주영아, 같이 가자."

나는 주영에게 뛰어가 팔짱을 꼈다. 그러자 주영이가 팔을 빼내려 했다. 하지만 나는 놓아주지 않았다.

"주영아, 막차 시간은 아직 많이 남았어. 그러니까, 우리 천천히 데이트하면서 걷자."

주영이가 가던 길을 멈추고 나를 쳐다봤다. 그런데 그의 눈빛이 너무 차가웠다. 나는 조용히 그의 팔을 놔줬다.

결국 우리는 가로등 불빛을 따라서 걷기만 할 뿐, 말 한마디 나누지 않았다.

역이 가까워지자, 거리에는 취기 오른 아저씨들이 거리를 휘젓고 다녔다. 우리는 이들을 피해서 걸었다.

"엄마야!"

짓궂은 취객 하나가 나를 일부러 툭 치고 지나갔다.

주영이가 눈을 부라리며 소리쳤다.

"이 양반이 미쳤어!"

나는 주영의 이런 모습을 처음 봤다. 그래서 놀라는 한편으로 주영을 말렸다.

"주영아, 어서 가자."

나는 씩씩거리는 주영이를 잡아끌고 역으로 향했다.

이윽고, 우리는 역 광장 벤치에 나란히 앉았다.

"주영아……, 그렇게 힘들었으면 나한테 말하지."

"……."

하지만 주영은 나를 바라보기만 할 뿐 아무 말도 하지 않았다.

"그리고, 너 군대 가는 걸, 왜 말하지 않았어? 정말 서운해. 치……."

"……."

그래도 그는 반응이 없었다.

"주영아, 네가 운동을 못 하게 돼서, 나도 마음이 너무 아파……."

"그만! 그 얘기는 안 했으면 좋겠어."

"아, 알았어."

나는 어색함에 시계를 들여다봤다.

이때, 주영이 긴 침묵을 깨고 입을 열었다.

"숙희야."

"응? 왜?"

나를 바라보는 그의 눈빛이 흔들렸다. 순간, 불길한 생각이 들었다.

"수, 숙희야."

떨리는 그의 목소리 때문인지 불길함은 더욱 증폭됐다.

나는 마른침을 삼켰다.

주영이 고갤 숙이고 바닥을 툭툭 찼다. 무언가 고민하는 것 같았다.

"주, 주영아, 무슨 말인데?"

이윽고, 무언가 결심한 듯 주영이 나를 불렀다.

"이숙희."

나를 부르는 그의 목소리에서 차가움이 느껴졌다.

"으, 응?"

"우, 우리……, 그만 만나자."

"뭐, 라고?"

나는 놀라서 그 자리에 주저앉을 뻔했다.

"주, 주영아."

나는 이유가 궁금했다. 하지만, 묻지 못했다. 만약 그 이유를 알았다가는 헤어짐이 기정사실화될 것만 같았다.

"주영아……, 이참에 군대 갔다 와서 나랑 공부하자."

"그만!"

내게 화낸 적 없던 주영이 내게 소리를 질렀다.

나는 서러움을 이기지 못하고 그의 가슴에 뛰어들었다. 하지만, 그는 허수아비처럼 서 있을 뿐 나를 안아 주지도, 다독여 주지도 않았다.

나는 터져 나오는 울음을 애써 누르고 목소리도 가다듬었다.

"주, 주영아……, 너, 군대 다녀올 동안 내가 기다리고 있을게. 그러니까, 몸 성히 잘 다녀와야 해, 알았지?"

주영이 대답 대신 나를 자기 품에서 끌어냈다. 그리고 내 어깨를 거칠게 흔들면서 말했다.

"숙희야, 내 말 못 알아들어? 네가 싫어졌다고!"

이 말을 남긴 주영이 매몰차게 돌아서서 가 버렸다.

나는 멀어져 가는 그를 바라보며 하염없이 울었다. 그러다 정신이 번쩍 들었다. 그에게 전하지 못한 말이 생각났기 때문이다.

나는 그가 사라진 쪽으로 정신없이 뛰어갔다. 그리고 얼마 지나지 않아서 그를 발견했다. 하지만 그를 부를 수도, 그에게 다가갈 수도 없었다.

주영이가 길 한가운데에 주저앉아 펑펑 울고 있었기 때문이다. 그는 나를 떠난 것이 아니라 자신의 아픔을 혼자서 감내하고 있는 것이었다.

나는 그의 마음을 헤아리고 조용히 돌아섰다. 그리고 그를 기다려 주기로 마음먹었다. 그럼에도 이별을 입에 담은 그놈이 정말 미웠다.

나는 대학을 졸업하고 어른들 성화에 못 이겨서 선을 몇 번 봤다. 하지만, 나는 상대 남자들에게 무관심과 무성의로 일관했다. 그 결과 나에 대한 평가는 악평에 가까웠다.

어머니가 내게 전한 이야기다.

"숙희야, 너는 그 사람이 뭘 물어도 대답은커녕 창밖만 바라보고 있었다면서? 그 사람이 너를 벙어린 줄 알았다더라. 어렵게 마련한 선 자리를 망쳐도 유분수지……."

그럼에도 우리 어머니는 포기하지 않으셨다.

"숙희야, 이 사진 좀 봐라, 훤하게 생기지 않았니? 홍성 군수 댁 둘째 아들이라는데……."

결국 나는 어머니의 결혼 압박을 피하려고 대학원에 들어갔다. 대학 졸업 1년 만에 다시 서울 고모님 집으로 돌아간 것이다.

어느 날, 우연히 만난 고등학교 친구에게서 주영이 제대했다는 소식을 듣게 됐다.

　나는 그날로 온양 집으로 내려가 그의 연락을 기다렸다. 하지만, 거의 한 달이 다 지나도록 그놈은 내게 연락하지 않았다.

　나는 참지 못하고 그놈에게 먼저 연락했다.

　"어머니, 안녕하세요? 저 숙희예요."

　"오 그래, 숙희야."

　"저, 기, 주영이가 제대했다고 해서……, 지금 주영이 있어요?"

　"주영이? 보름 전에 서울 사는 선배한테 갔어. 근데 그놈은 너한테 전화도 안 했다니?"

　"예……, 저, 기, 어머니, 혹시 주영이가 돌아오면, 전화 좀 달라고 하세요. 저는 서울 고모 댁에 있어요. 그렇게 얘기하면 알 겁니다."

　전화를 끊고 났더니, 부아가 치밀었다.

　"삼 년 동안, 네놈만 기다렸는데……. 흥, 내가 가만히 두나 봐라."

　그렇게 한 달이 지났다. 하지만, 그놈은 소식조차 없었다. 그럼에도 나는 계속 그를 기다렸다. 이러는 나 자신이 너무 구질구질하지만 그를 놓을 수 없었다.

　그놈 생각만 하면 화가 난다. 그런데도 자꾸 보고 싶어 눈물이 난다.

　어느 날.

　"숙희야, 전화 받아라."

　"누군데요? 고모."

　"주영이라는구나. 근데, 어디서 들어 본 이름인데……."

나는 벅차오르는 가슴을 애써 누르고 전화를 받았다.

"여, 여보세요, 주영이니? 어디야?"

"수, 숙희야, 나한테 전화했다며?"

"야! 그걸 말이라고 해, 내가 전화한 게 언젠데……. 아무튼 너 어디야? 당장 만나."

나는 오랜만에 화장도 하고, 그동안 아껴뒀던 하늘색 원피스를 입었다.

"숙희야, 시험도 얼마 남지 않았다면서 어딜 가려고?"

"고모, 다녀오겠습니다."

나는 두근거리는 가슴을 안고 버스에 올랐다. 달리는 차창 밖으로 가을빛 무르익은 나무들이 빠르게 지나갔다. 순간, 기다림과 그리움으로 점철된 지난날이 주마등처럼 지나갔다.

"치, 내가 용서해 주나 봐라."

어느새 버스가 서울역에 정차했다.

나는 버스에서 내려 주영이 기다리는 커피숍으로 향했다. 이때, 거센 바람 불어와 몇 남지 않은 가로수 잎을 떨어트렸다.

잠시 후, 나는 심호흡을 하고 커피숍으로 들어갔다. 순간, 자욱한 담배 연기와 시끄러운 음악 소리가 내 혼을 쏙 빼놓았다.

나는 정신을 차리고 주영을 찾느라 여기저기를 두리번거렸다.

이때 주영이가 손을 흔들었다.

"숙희야, 여기."

내가 그리워하고 또 미워하던 그놈이었다.

나는 한달음에 달려가 그에게 안겼다.

"주영아."

그런데 이 나쁜 놈이 내 등을 도닥여 주기는커녕 나를 밀어냈다.

순간, 나도 모르게 욕이 튀어나왔다.

"나쁜 놈!"

"……."

"내가 너를 얼마나 기다린 줄 알아? 이 나쁜 놈아!"

하지만, 그는 나를 달래 주기는커녕 딴소리만 했다.

"수, 숙희야, 뭐 마실래?"

나는 당황했다.

"주, 주영아……."

어쩌다가 우리 사이가 이렇게 됐는지, 정말 생각할수록 기가 막혔다.

"주영아, 그동안 잘 지냈어?"

내 물음에 주영이 고개만 끄덕였다.

"주영이, 너 서울에 와 있다며? 어디에 있어? 요즘 뭐 하면서 지내?"

"뭐, 이것저것……."

이처럼 주영이 건성건성 대답하니까, 나도 할 말이 없었다.

"……."

내게 무슨 변명이라도 할 줄 알았는데…….

"주영아, 혹시 나한테 할 말 있어?"

그가 굳은 표정으로 고개를 끄덕였다.

순간, 불안함이 엄습해 왔다.

주영이 심호흡을 했다. 그의 긴 호흡 속에는 나에 대한 결심이 담긴 듯했다.

"수, 숙희야, 나……."

심장이 미친 듯이 뛰었다.

"나, 여자 친구 생겼어……."

"뭐, 뭐라고?"

"미안해."

나는 이 말의 진실 여부보다, 나를 떠나고자 하는 이놈의 의지가 더 괘씸했다.

"나쁜 놈……."

기약 없는 기다림 끝에 나타난 놈이 나를 또 떠나려고 했다. 이놈을 당장 죽여 버리고 싶었지만, 이제는 끝이라는 생각에 숨이 막혀 왔다.

"주, 영, 아. 왜 그래……."

"숙희야, 우리 이제 그만하자."

내가 과연 주영이라는 기대도 없이 살아갈 수 있을까? 생각만 해도 기가 막혔다.

"주, 영, 아……."

나는 믿기지 않는 현실에 눈물만 흘렸다.

하지만, 이놈은 내 눈물 따윈 아랑곳하지 않고 자리에서 일어났다.

"숙희야, 나, 먼저 갈게."

이 말을 남긴 그놈이 정말 가 버렸다.

나는 그가 떠난 빈자리를 바라보며 울고 또 울었다.

수많은 시간이 흐른 지금도 그날의 그놈을 용서할 수가 없다.

나는 그가 떠난 후, 제일 먼저 대학원을 때려치워서 우리 엄마에게 화풀이했다.

“숙희야, 엄마 죽는 꼴 보고 싶어서 그래? 너 정갈 왜 그래?”

그리고 몇 날, 며칠 동안 식음을 전폐했다.

“이러다 정말 큰일 나겠다. 어서 일어나 밥 먹자.”

나는 몇 날, 며칠 동안, 미친년처럼 울다가 술에 취해 잠들었다. 그리고 다시 눈을 뜨면 가슴 아픈 현실에 또 울었다.

“숙희야, 왜 울어? 먹지도 못하는 술을 왜 자꾸 마시려고 해?”

그리움이 달아난 내 가슴엔 서러움보다 더한 공허함만 남았다.

나의 일상은 엉망이 되었다.

‘그놈은 나에게 아무것도 아니다’라고 주문처럼 되뇌어 보지만, 그럴수록 그놈에 대한 그리움만 더해갔다.

오늘도, 나는 너의 따스한 가슴이 그리워서 울었다.

오늘도 나는 너의 환한 미소가 그리워서 울었다.

오늘도 나는 너의 부드러운 목소리가 그리워서 울었다.

다행히, 너의 쓸쓸한 가을이 하루하루 사라져 갔다. 그럼에도 나의 시간은 오로지 나의 정신을 피폐하게 하는 데만 쓰였다.

오늘도 나는 너의 포근하던 품을 그리다가 잠들었다.

오늘도 나는 너의 천진난만한 미소를 그리다가 잠들었다.

오늘도 나는 너의 황홀한 고백을 떠올리다 잠들었다. 하지만, 언제나 너의 차가운 겨울이 내 꿈속을 헤집어 놨다.

나와 상관없는 너의 봄날이 하나둘 사라져 갔다. 오늘은 너와의 하루하루를 지우다가 몸살이 나고 말았다.

낙엽이 우수수, 가을비 내리던 날. 내 가슴이 아직 너를 쫓고 있음에 울고 말았다.

새로운 봄이 오고 또 가을이 와도 미련한 내 가슴은 또 너를 그리워했다. 그럼에도 나의 눈물 어린 나날들이 꾸역꾸역 지나갔다.

그리움을 병처럼 달고 사는 나는 세상으로 나가지 못하고 또 몇 년 동안 울었다.

아직도 가을이 오면, 계절병처럼 잠 못 이루지만, 이제는 더러 견딜 만해졌다.

내 나이 스물일곱. 나는 다니던 회사에서 한 남자를 만나 결혼까지 했다. 하지만 그이는 내게 어린 아들 하나만 남겨 두고 세상을 떠났다.

삼십일 년 내 인생은 불행의 연속이었다.

　이런 내 인생의 끝자락에서 너를 다시 만나게 한 이유가 무엇일까? 원수는 외나무다리에서 만난다더니……, 내게 복수할 기회라도 주시는 것일까? 그렇다면 나는 기꺼이 그렇게 할 것이다.

봄날을 꿈꾸며

그놈에게 복수는 고사하고 그리움의 실체만 확인하고 말았다. 그놈이 미워 죽겠는데 자꾸 눈물이 났다.

"숙희야. 사랑해."

그놈은 내 설움엔 관심조차 없다는 듯 자기 심정만 토해냈다.

나는 '그런 놈이 왜 도망쳤냐고' 소리치고 싶었다. 하지만 그랬다가는 내 가슴이 그놈을 알아볼까 봐 두려웠다.

"이 나쁜 놈아, 이제 와서 왜 이러냐고?"

"숙희야……."

빛바랜 사랑이 내게 살금살금 다가왔다.

"아니! 안 들은 걸로 할게."

"숙희야……."

"아니! 하지 마!"

"사, 랑, 해."

이 나쁜 놈이 울고 있었다.

“나쁜 놈…….”

“사, 랑, 해.”

순간, 천년만년 갈 줄 알았던 나의 설움이 외마디를 토해냈다.

“사, 랑, 해. 주영아.”

나는 그의 품에 뛰어들어 펑펑 울었다.

“숙희야. 사랑해.”

지금에야 내 등을 도닥여 주는 이놈이 정말 미웠다. 이렇게 미운데도 그 품에 들어 울고 있는 내가 더 미웠다.

“주영아, 사랑해.”

결국 긴 세월 동안 사그라지기만을 기다려 왔던 내 설움은 이놈을 품고 산 것이었다.

✳ ✳ ✳

이른 아침, 동산에 오르려고 밖으로 나갔더니, 주영이가 서 있었다.

“숙희야.”

“주영이 네가 이 시간에 웬일이야?”

“너랑 뒷산에 오르려고.”

우리는 겁 없이 옛 추억을 따라갔다. 그러다 아픈 기억과 맞닥트리기도 했지만 이제 피하지 않는다.

오늘도 우리는 서로만 바라봤다.

"숙희야, 오늘 뭐 먹고 싶어?"

"글쎄."

오늘은 그의 무릎을 베고 누워 티브이를 봤다. 그는 내 머리가 흔들릴까 봐 꼼짝도 하지 않았다.

내가 누워 있는 동안 주영이가 무언가를 읽고 있었다. 돋보기를 끼고 있는 그를 보니 인생이 무상했다.

"주영아, 나한테도 읽어 줘."

"그럴까?"

"길가에 이름 모를 꽃들이 지천이다.

겨우내 견뎌 낸 양분으로 초록 옷을 해 입더니, 오늘은 빨강, 파랑, 노란색으로 화장까지 했구나.

이름을 알 수 없어 불러 보지는 못하지만, 너의 빛깔이 익숙해서 더없이 반갑구나.

봄기운 가득한 오솔길에 이름은 모를 꽃들이 지천이다.

나는 꽃 이름을 잘 알지 못한다. 진달래, 개나리, 철쭉, 코스모스, 장미, 아카시아 정도가 전부일 것이다. 혹여 꽃 이름을 들어 봤더라도 그 꽃을 구분하지 못한다. 심지어 철쭉과 진달래도 구분하지 못하니, 나는 길을 못 찾는 길치처럼 '꽃치'라 할 수 있다.

그래도 이런 내게 꽃 이름을 찬찬히 알려 주던 아이가 있었다. 이 꽃은 튤립이고, 이 꽃은 에델바이스고, 그리고…….

나는 그 아이가 꽃 이름을 알려 줄 때면 언제나 멍하니 있었다. 아니, 더 정확하게 말하자면, 나는 그 아이를 바라보느라 넋이 나가 있었다.”

나는 우리의 이야기라는 것을 금방 알아차렸다. 그 옛날, 나를 바라보며 해맑게 웃던 그 아이가 생각났다. 그런데……, 왜 자꾸 눈이 감기는 것일까? 내가 수면제를 먹었던가? 안 먹었다. 그런데도 잠이 오다니……, 정말 신기했다.

✳ ✳ ✳

어젯밤, 나는 약을 먹지 않고도 잠을 이룰 수 있었다. 정말 오랜만의 숙면이었다.
“숙희야, 일어났으면 커피 마시자.”
주영이가 양손에 컵을 들고 있었다.
“주영아, 어젯밤 글 속 인물들이 우리 아니야?”
“엉? 자느라 못 들은 줄 알았더니…….”
그 옛날, 꽃 이름을 알려 주던 나를 생각하며 쓴 글이라고 했다. 나에 대한 그리움이 한껏 묻어나는 글이었다.

오늘은 아침을 먹자마자, 주영이 내 손을 잡아끌었다.

“주영아, 도대체 어딜 가려고?”

“따라와 보면 알아.”

“나 화장도 안 했단 말이야.”

“그래? 어디 보자……, 그래도 예쁘기만 한데.”

“얘가 창피하게 왜 이런대.”

주영이가 나를 차에 태웠다.

“숙희야, 나랑 데이트하자.”

“데이트? 좋아.”

잠시 후, 우리는 마을 어귀를 빠져나오다가 동네 어른들을 만났다. 주영이가 차창을 내리고 어른들께 인사를 했다.

“어르신들 안녕하세요?”

“우 사장하고 그 친구로구먼, 이른 아침부터 어딜 가나?”

“아산엘 다녀오려고요.”

“아산? 아산에 무슨 볼일이라도 있어?”

“예, 중요한 일이 있습니다.”

“그려? 그럼, 운전 조심하고 잘 다녀와.”

주영이는 나랑 데이트하자더니, 갑자기 아산에는 왜 가려는지 모르겠다.

“주영아, 아산에는 왜?”

“현충사에 가려고.”

순간, 우리의 푸르던 날이 생각났다.

“숙희야. 혹시, 우리 첫 데이트 생각나?”

“응. 생각나.”

나를 지극히도 사랑하던 그때 그 아이를 만날 생각에 벌써 가슴이 두근거렸다.

“숙희야, 괜찮아? 네 얼굴이…….”

나의 상기된 얼굴을 본 주영이가 걱정스러운 듯 물었다.

“응? 괘, 괜찮아. 바람 때문인가 봐.”

주영이가 얼른 차창을 닫았다. 그리고 내 볼에 자기 손등을 대 보더니 안심하는 눈치다.

“다행히, 열은 없네.”

주영이가 내 손을 슬그머니 잡았다. 그리고 내 손 여기저기를 탐험하듯 간지럽혔다. 순간, 이래도 되나 싶을 정도로 심장이 요동쳤다.

“숙희야, 아산이다.”

십여 년 전, 부모님이 돌아가시고 단 한 번도 와 보지 않았던 내 고향이다. 이제 우리 오빠도 이곳을 떠나셨으니, 고향이라고 할 수도 없었다.

우리는 아산을 가로질러 곧바로 현충사로 향했다. 도심을 벗어나자, 가을빛 물든 낙엽이 흩날렸다.

잠시 후, 현충사에 도착한 우리는 경내로 천천히 걸어갔다. 우리의 한 걸음, 걸음마다 그날의 기억이 성큼성큼 다가왔다.

“숙희야, 옛날의 그 연못이다!”

“정말?”

연못에는 어른 팔뚝만 한 잉어들이 헤엄치고 있었다.

"그때는 사람들이 정말 많았는데……."

"맞아, 그때는 발 디딜 틈이 없었지."

사람들 북적이던 연못가에 낙엽 진 능수버들만 초라하게 서 있었다.

우리는 연못을 지나 충의문과 활터 그리고 '이면 공' 묘소까지 둘러봤다.

"숙희야, 그 옛날, 담쟁이덩굴 치렁치렁하던 그 벤치에 가 볼까?"

"그러자."

"저쪽 어디쯤이었을 거야."

주영이가 내 손을 잡고 그날을 향해 성큼성큼 걸어갔다. 순간, 바스락, 바스락 낙엽 구르는 소리와 함께 쑥스러운 듯 내 손을 잡은 그 아이가 환영처럼 떠올랐다.

"주영아, 그날……, 나를 선택한 이유가 뭐야?"

주영이가 잡은 손을 당겨서 나를 안았다. 그리고 내 귀에 속삭였다.

"내가 너한테 첫눈에 반했거든……, 그리고 너도 나를 사랑하게 될 줄 알았거든……."

"주, 주영아……."

내 그리움의 끝은 사랑이라 믿고 싶었다. 아니 꼭 그렇게 되기를 소원했다.

"숙희야, 너 어디 아픈 건 아니지? 안색이……."

"아니야, 오랜만에 걸어서 좀 피곤한가 봐."

"그래? 그만 돌아가자."

“주영아.”

“응?”

“내가 너한테 고맙다고 했던가?”

“뭐가 고마운데?”

나는 그날의 주영이에게 이 말을 꼭 해 주고 싶었다.

“나를 사랑하는 주영아……, 정말 고마워.”

나를 한참 바라보던 주영이가 눈시울을 붉혔다.

“숙희야…….”

나의 이기적인 사랑이 주영이를 울리고 말았다.

주영이가 휴대폰을 들여다보며 무언가를 검색했다.

“숙희야, 오늘 점심으로 피자하고 파스타 어때?”

“좋아.”

“밥 먹고 영화도 한 편 보자.”

“좋아.”

나는 무조건 좋다고 했다. 무엇을 하고 무엇을 먹든, 그와 함께라면 다 좋다.

우리는 분위기 좋은 레스토랑에서 점심을 먹고 영화관으로 갔다.

‘가장 보통의 연애’라는 로맨스 영화가 상영 중이었다. 내가 좋아하는 ‘김래원’ ‘공효진’ 두 배우가 주연이었다.

나는 이 영화를 보는 내내, ‘나도 이 영화처럼 사랑과 이별, 그리고 새로운 만남이 좀 더 수월했더라면……’ 하는 가정을 해 봤다. 하지만,

주영이를 보는 순간, 그런 가정은 있을 수 없다고 생각했다.

"숙희야, 왜 그렇게 웃어?"

"응? 네가 너무 좋아서, 호호호⋯⋯."

우리는 영화 관람을 마치고 집으로 향했다.

운전 중이던 주영이가 나를 불렀다.

"숙희야."

"응?"

"사랑해."

"⋯⋯."

주영이가⋯⋯, 끝이 보이는 내 삶에 자꾸 희망을 품게 했다.

✳ ✳ ✳

오늘도 주영이는 아침 식사를 마치자마자 내 손을 잡아끌었다.

"숙희야, 우리 커피 마시러 가자."

"그래."

나는 군말 없이 그를 따라나섰다.

"숙희야, 머리 조심."

내가 차에 탈 때까지 주영이가 내 머릴 보호해 줬다. 그리고 차를 출발시키기 전에 내 얼굴을 찬찬히 살폈다.

풍경이 있는 민박집

“숙희야, 오늘 컨디션 어때?”

“아주 좋아.”

나는 일부러 더 밝은 목소리로 대답했다.

“그래? 그럼 출발할게.”

주영이가 동네를 빠져나와 읍내로 향했다. 그런데, 우리가 자주 가던 카페를 그냥 지나쳐 버렸다.

“주영아, 방금 카페를 지나쳤어.”

“숙희야. 오늘은 새로 생긴 ‘달마중’이라는 카페에 가 보려고.”

“달마중?”

“응, 얼마 전에 새로 생겼다는데, 주변 풍경이 예쁘다고 해서 너랑 가 보려고.”

“아, 아…….”

예쁜 곳, 좋은 곳. 그곳으로 나를 데려가려는 그의 마음을 알면서도, 나의 흔적이 그에게 아픈 추억으로 남을까 봐 마음이 아팠다.

“숙희야, 무슨 생각 해?”

“응? 아, 아무것도 아니야.”

읍내를 빠져나오자, 산등성이 여기저기에 울긋불긋 가을빛이 만연했다.

“와, 예쁘다. 주영아, 창문 좀 열어 봐. 자세히 봐야겠어.”

“바람이 찰 텐데.”

차창을 연 순간, 찬 바람이 밀고 들어왔다.

주영이가 얼른 창을 닫고 내 옷깃을 여미어 줬다.

“주영아, 내가 노래 불러 줄까?”

“노래? 그래.”

“뜸북뜸북 뜸—북—새, 논에서 울고~ 뻐꾹뻐꾹 뻐—꾹—새, 숲에서 울재~

우리 오빠 말 타고, 서울 가시면~ 비단 구두 사 가지고 오신다더니~

기럭기럭 기러기, 북에서 오고~ 귀뚤귀뚤 귀뚜라미 슬피 울건만~~~~~”

그의 눈시울이 붉어졌다.

✼ ✼ ✼

달도 지지 않은 새벽녘. 나는 몰래 집을 빠져나와 뒷동산으로 향했다. 길가 코스모스가 앙상한 달그림자로 흔들렸다.

한참을 오르다 보니 어둠이 더 짙어졌다. 놀라서 하늘을 바라보니, 달은 구름에 숨고 몇 남지 않은 별조차 그 빛이 희미했다. 그럼에도 해는 아직이었다.

나는 동산에 올라 두 손을 모았다.

“천지신명이시여, 살고 싶습니다. 제발 저를 살려 주세요.”

이때, 거센 바람이 내 머리칼을 흩트리고 지나갔다.

“휘이잉, 휘이잉……."

마치 '물에 빠진 놈을 구해 줬더니 보따리를 내놓으라 하는구나!'라고 호통치는 것 같았다.

"저도 염치없는 줄 알지만……, 꼭 살고 싶습니다. 제발 저를 살려주세요."

"휘이잉, 휘이잉……."

나의 절실한 바람이 바람 속으로 흩어졌다.

"저 사람을 만나게나 하지 말든지……, 정말 너무 가혹한 처사입니다."

"휘이잉, 휘이잉……."

나의 처량한 넋두리가 바람 속으로 흩어졌다.

"좋아요. 저도 그 사람 곁에서 살다가 지고 싶었어요. 그게 그렇게 큰 잘못이란 말입니까?"

"휘이잉, 휘이잉……."

나의 구구절절 변명이 바람 속으로 흩어졌다.

나는 결국 모든 것을 포기하고 마지막 소원을 빌었다.

"천지신명이시여……, 저 없는 세상에 남겨질 그의 한숨이 그만하기를……, 간절히 소원합니다."

순간, 동녘에 붉은 해가 떠올랐다.

집이 가까워지자, 커피 향이 진동했다.

대문을 열고 들어서는 나를 발견한 주영이가 놀란 눈으로 물었다.

"이렇게 이른 시간에 어딜 다녀왔어?"

“응? 도, 동네 한 바퀴 돌고 왔어.”

“나랑 같이 가지 그랬어.”

우리는 사랑방 쪽마루에 나란히 걸터앉아 커피를 마셨다.

내 얼굴에 햇살이 내려앉자, 주영이가 손 그늘을 만들어 줬다.

나는 눈을 감고 다시 한번 더 소원했다.

“제발…….”

* * *

서울로 돌아가야 할 날이 차츰 다가왔다. 하지만 주영이는 내가 떠나난다는 것을 잊은 듯하다.

“숙희야, 오늘은 뭐 먹고 싶어? 말만 해, 내가 다 만들어 줄게.”

“주영아, 우리 그러지 말고 읍내에 가서 자장면 먹자. 그때는 다 먹지도 못했잖아.”

“그럴까?”

우리는 읍내에 도착해서 차를 주차하고 식당으로 향했다.

“주영아, 중국집 그 아주머니가 우리를 기억할까? 못 하겠지?”

“글쎄.”

식당에 갔더니, 주인아주머니가 ‘오늘은 사이가 좋아 보이네.’라고

풍경이 있는 민박집

놀리셨다.

　나는 일부러 주영이의 팔을 더 꽉 잡았다. 그러자 아주머니가 한 소리 했다.

　"아이고, 꼴사나워서 원……."

　주영이가 하얀 이를 다 드러내고 활짝 웃었다. 내게 환하게 웃어 주던 그 아이가 돌아온 것만 같았다.

　우리는 자장면을 맛있게 먹고 카페로 갔다.

　우리가 좋아하던 창가에는 이미 다른 손님이 앉아 있었다. 하지만 상관없었다. 이제 우리는 서로를 바라보느라 창밖을 볼 겨를이 없다.

　"주영아, 내가 서울로 돌아가면 우리는 어떻게 되는 거야?"

　"어떻게 되기는, 내가 매일 전화도 하고, 또 널 보러 서울에도 갈 거야. 그러니까, 너는 아무 걱정 말고 치료에만 전념해. 알았지?"

　"알겠어."

　"숙희야."

　"응?"

　"사, 랑, 해."

　"주, 주영아……, 내가 치료도 잘 받고 건강해져서 돌아올게."

　그의 애절한 사랑에 나는 나의 희망을 말해 줬다.

　"꼭 그렇게 해 줘."

　"내가 다시 돌아올 때는……, 너한테 아주 갈지도 몰라."

　주영이가 나를 꼭 안았다. 그리고 말했다.

　"그 약속 꼭 지켜야 해."

나는 나의 다짐이 헛되지 않기를 간절하게 빌었다. 그리고 대답했다.

"너에게 꼭 갈게……."

다음 날. 나는 아침 일찍 일어나 짐 정리를 마치고 청소도 했다.

이때, 주영이 내 방으로 건너왔다.

"수, 숙희야, 대충 해. 금방 돌아올 거잖아……."

"그래도, 청소는 해야지."

"숙희야, 내가 좀 도와줄까?"

"아니야. 됐어."

"숙희야. 그럼……."

"숙희야."

"숙희야."

"수, 숙희야, 아침은 죽을 끓여 놨으니까, 점심은 백숙을 만들까 해. 그리고 저녁은……."

"주영아, 정신없으니까, 너는 가만히 좀 있어."

"……."

주영이가 갑자기 조용해졌다. 그래서 돌아보니 그의 두 눈에 눈물이 가득했다.

나는 그의 품으로 뛰어들었다.

"주영아, 내가 갔다가 금방 올게, 그러니까……."

그를 다시 만나고서야, 나의 설움이 그리움이었음을 알게 됐다. 그래서 화가 나고 자존심도 상하지만, 그 덕분에 내 생에 다시없을 봄날을 꿈꾸게 됐다.

'아지랑이 넘어 아련한 오솔길을 너와 함께 걷고 싶다. 그 끝이 어디에 닿을지 알면서도 너와 함께 살고 싶다.'

너의 첫사랑

　숙희가 떠나는 날.

　나는 뜬눈으로 밤을 지새우고 동도 트기 전에 일어나 아침을 준비했다. 요즘 들어서 소화가 잘 되지 않는다는 그녀를 위해 죽을 끓였다. 표고버섯, 당근, 부추, 양파를 잘게 썰어 놓고 다진 고기를 프라이팬에 볶았다. 그리고 미리 불려 둔 쌀과 적당한 양의 물을 냄비에 부은 뒤 주걱으로 살살 저어 가며 끓였다. 냄비의 밥알이 쫀득하게 익어 갈 즈음 미리 준비해 둔 채소와 고기를 넣고 한소끔 끓여냈다.

　나는 다 만들어진 죽을 한 숟갈 떠먹어 봤다. 싱거운 맛인지, 짠맛인지 알 수가 없었다.

　나는 식사 준비를 다 해놓고 창밖을 내다봤다. 그런데 안방에는 이미 불이 환하게 켜져 있었다.

　나는 얼른 안방으로 건너갔다.

　안방 문 앞에는 두 개의 캐리어가 마치 빨리 돌아가겠다는 듯이 서 있었다. 방안은 아무도 살지 않았던 것처럼 티끌 하나 없었다.

숙희가 나를 힐끔 보더니, 탁자 위에 널려있던 약병이며 화장품을 가방에 담았다.

순간, 이처럼 흔적조차 남기지 않는 그녀의 의드가 의심스러웠다.

"수, 숙희야, 대충 정리해, 금방 돌아올 거잖아……. 수, 숙희야 내가 좀 도와줄까? 수, 숙희야, 숙희야……."

그녀가 나를 힐끔 보고는 다시 옷가지 정리에 여념이 없다.

"수, 숙희야, 아침은 죽을 끓여 놨고, 또 점심은 백숙을……."

"주영아, 정신없으니까 너는 가만히 좀 있어."

그녀를 보낼 생각에 가슴이 미어졌다.

그녀는 무심하게 분홍빛 잠옷을 개고, 노랑 파랑 줄무늬 카디건을 개서 가방에 넣었다. 그러다 무슨 생각이 들었는지 나를 돌아봤다. 그리고 이내 내 가슴으로 뛰어들었다.

"주영아. 네가 오래 기다리지 않도록 금방 올게."

나도 그녀도 눈물만 흘렸다.

우리는 아침 식사를 마치고 뒷동산으로 향했다.

언덕에 가을바람이 불어오자, 잿빛 들풀 물결치고 꽃잎 잃은 코스모스가 앙상한 가지를 흔들었다.

우리는 동산 벤치에 앉아 마을을 내려다봤다.

숙희가 내 어깨에 머리를 기댄 채, 내 손에 글씨를 썼다.

"주영아, 내 휴대폰 번호 기억해?"

"물론이지, 8080이잖아"

“주영아, 8080 하면 기억나는 것 없어?”

그랬다, 그녀의 옛날 시골집 전화번호였다.

“주영아, 내가 이 번호를 평생 동안 붙들고 살았더라고……. 나 웃기지?”

그녀가 쓸쓸한 미소를 지었다.

그 옛날, 나는 그녀와 헤어지고도 여러 번 전화했었다. 하지만 항상 숙희 어머니가 전화를 받으셨다.

“여보세요……. 누구세요? 전화를 걸었으면 말을…….”

어느 날은 그분이 ‘너 주영이지? 이제, 그만 좀 해라.’라고 하신 적도 있었다. 그분도 나라는 것을 짐작하신 것이다.

“주영아, 무슨 생각을 그렇게 해?”

“그냥, 옛날 생각.”

무심한 듯 고개를 끄덕이던 그녀가 먼 하늘을 바라봤다.

“숙희야.”

“응?”

“나는 이제껏 너를 사랑했던 기억만으로도 그럭저럭 살아왔어. 하지만, 앞으로는 그러고 싶지 않아. 그러니까, 그러니까…….”

그러니까 꼭 돌아오라는 말은 끝내 하지 못했다.

“주영아…….”

그녀가 쓸쓸한 미소를 지었다.

얼마나 지났을까? 숙희가 시계를 들여다보더니, 갑자기 벌떡 일어났다. 돌아갈 시간이 된 것이다.

순간, 이별을 눈치챈 내 가슴이 서러움을 쏟아 내려고 했다. 하지만 나는 애써 눈물을 머금었다.

"사, 랑, 해."

"나도, 사랑해."

내게 미소를 보내는 그녀 두 눈에 눈물이 그렁그렁했다.

"수, 숙희야, 나는 여기서 좀 더 있다가 갈게, 너 먼저 내려가."

"아, 알았어. 그럼……, 나, 간다."

"으, 응."

덤덤하게 내게 손을 흔들던 그녀가 돌아서서 오솔길을 따라갔다.

나는 그녀의 모습을 보지 않으려고 애써 외면했다. 하지만, 어느새 내 시선은 그녀의 뒷모습을 쫓고 있었다.

그녀가 뒷짐을 지고 굽이진 오솔길을 천천히 내려갔다. 이제 몇 발짝만 더 내려가면 모퉁이가 나온다. 그 모퉁이를 돌아서면 그녀의 모습도 보이지 않을 것이다.

나는 초조한 마음으로 그녀를 주시했다.

'숙희야, 제발……, 나를 한 번만 돌아봐 줘.'

하지만, 이런 내 바람을 알 리 없는 그녀는 모퉁이로 사라져 버렸다.

나는 후회했다. 이럴 줄 알았으면, 같이 내려가서 짐도 옮겨 주고, 배웅도 해 줄 것을……. 순간, 참았던 눈물이 쏟아졌다.

이때였다. 그녀가 다시 나타났다. 그녀가 모퉁이에 얼굴을 내민 것이다.

나는 소리쳤다.

"사, 랑, 해."

그녀가 깡충깡충 뛰면서 두 손을 흔들었다. 그리고 내게 손 키스를 날렸다. 그리고 이내 모퉁이로 사라졌다.

해 지고 밤이 찾아오자, 집 안은 고요 속에 잠겼다.

나는 마루에 걸터앉아 눈을 감았다. 순간, 나도 모르게 터져 나온 한숨……. 그 한숨은 무게를 견디지 못하고 도로 내 가슴에 떨어졌다.

"수, 숙희야……."

이때. 그녀에게서 문자가 왔다.

「주말이라서 교통체증이 꽤 심했어. 그래도 그 덕분에 휴게소에서 커피도 마시고……, 주영아, 사랑해.」

나는 그녀에게 보낼 문자를 썼다가 지우기를 반복했다. 그리고 마침내 '사랑해.'라는 문자를 보냈다.

내가 옆에 있어도 나를 부르던 그녀…….

"주영아, 나 커피 마시고 싶어."

"주영아, 읍내에 가자."

"주영아, 산책하자."

"주영아, 이것 좀 봐봐."

"주영아."

"주영아."

“주영아.”

금방이라도 그녀가 창문을 열고 나를 부를 것만 같았다. 나는 바보처럼 그 창문을 열어 봤다.

집안에 어둠이 짙게 내려앉았다. 하지만, 나는 불을 켜지 않았다. 그랬다가는 그녀의 부재가 더 확연해질 것이기 따문이다.

나는 안방으로 건너갔다. 컴컴하고, 온기 하나 없는 방에는 그녀의 여운만 남아 있었다.

나는 그녀가 누웠던 침대에 누워 잠을 청했다. 꿈속 그녀를 기대하면서…….

이때 문자음이 들려왔다.

「잘 자, 사랑해.」

숙희가 보낸 문자였다. 나는 얼른 답장을 보냈다.

「사랑해.」

자정이 넘은 시간이었다. 평소 같으면 그녀가 잠자리에 들 시간이었다.

‘숙희는 수면제를 먹어야 잠을 이루는데…….’

내 무릎을 끌어안고 잠들던 그녀가 그리운 밤이다.

***

이른 아침, 창틈으로 새 들어온 빛으로 방 안 모습이 드러났다.

약병과 화장품 몇 개가 놓여 있던 탁자에는 튤립 화분이 덩그러니 놓여 있었다. 그리고 그 옆에…… 무언가가 있다. 메모지다.

나는 튀어 오르듯 일어나 그 메모지를 집어 들었다.

「주영아,

학창 시절, 나는 내 몸에도 고슴도치처럼 바늘이 나 있는 줄 알았어. 남자애들이 나를 곁눈질로 보기는 하는데 아무도 다가오지 않았거든.

내 친구들은 '네가 예뻐서 엄두조차 못 내는 것'이라 위로해 줬지만, 그땐 정말 속상했단다.

그렇게 우울해하던 어느 날, 거짓말처럼 네가 나타난 거야. 지금도 그때만 생각하면 가슴이 두근거려.

그날, 내 손을 잡아 준 이가 너라서 감사하고 또 행복했어. 그리고 너한테 고백할 게 있는데……, 너는 내 첫사랑이야.」

또다시 그리움이

너도 밤이 되면 내게 돌아와 줘. 미안한 듯, 수줍은 듯, 얼굴을 내밀어 줘. 너도 밤이 되면 달처럼 돌아와 줘.

그녀가 애처로운 눈길로 나를 바라볼 뿐 다가오지 않았다.

"수, 숙희야!"

꿈이었다.

가을이 지고, 겨울이 왔지만, 툇마루에도, 마당 벤치에도 그녀 여운뿐이다.

시간이 지날수록 별의별 생각이 다 들었다.

"혹시, 병세가 더 나빠진 것은 아닐까……."

나는 부정적인 생각을 떨쳐내기 위해 뒷동산으로 향했다. 하지만 걸음, 걸음마다 그녀의 한숨 소리가 들리는 듯했다.

동산 벤치에 앉아 그녀 떠나간 길을 내려다보니, 차 한 대, 사람 하나 보이지 않았다.

오늘도 나는 그녀를 기다리다 하루를 다 보냈다.

오늘에서야 나는 가을 정리를 시작했다. 여기저기 걸려 있는 철 지난 옷가지를 정리하고, 등이 시리도록 얇았던 이불도 세탁기에 넣어 돌렸다. 그리고 마당으로 나갔더니, 파라솔이 우두커니 서 있었다. 순간, 파라솔 아래 차를 마시던 그녀 모습이 떠올랐다.

나는 오늘도 가을 정리를 다 하지 못했다.

철 지난 파라솔이 바람에 휘청거렸다.

바람 소리에 눈이 저절로 떠졌다. 창밖을 보니 달도 지지 않은 한밤중이었다.

나는 다시 눈을 감았다. 하지만, 세상 시름이 모두 달려들어 잠을 이룰 수가 없었다.

나는 옷을 챙겨 입고 밖으로 나갔다.

을씨년스러운 마당에 낙엽이 뒹굴고 앙상한 나뭇가지가 거센 바람을 갈랐다.

"휘이잉……."

오늘도 일 년 같은 하루가 시작되려나 보다.

하루에도 몇 번씩 걸려 오던 그녀의 전화가 며칠 전부터 뜸해졌다. 전화를 못 하면 문자라도 보내더니, 이제는 그마저도 없다. 병원에 있어서 그러려니 하면서도 답답해 미칠 지경이다.

며칠 전에는 내가 문병을 가려 했더니, 숙희가 절대 오지 말라고 했다. 무슨 일이 있는 것은 아닌지……, 정말 무섭다.

아침 일찍 그녀에게서 문자가 왔다.

「나는 치료 잘 받고 있으니까, 너무 걱정하지 마. 주영아, 보고 싶어.」

나는 답장을 보냈다.

「숙희야. 내 걱정은 하지 말고 치료나 잘해. 사랑해.」

지난밤, 소리 없이 내린 눈이 온 세상을 덮었다.

나는 눈을 밟으며 뒷동산으로 향했다. 오르다 뒤돌아보니 나의 외로움이 선명하게 찍혀 있었다.

나는 그녀에게 문자를 보냈다.

「사랑하는 숙희야. 온 세상이 새하얀 가운데에도 푸르른 소나무를 너에게 보여 주고 싶다.」

「사랑하는 주영아. 새하얀 세상에서 푸른 소나두처럼 살고 싶다.」

며칠 후 숙희가 문자를 보내왔다.

「주영아, 내가 퇴원하면 너에게 가려고 한다. 우리 아들한테 '오랜 세월을 지나서 첫사랑을 만나고, 다시 사랑에 빠졌다.'라고 털어놨다. 그랬더니, 아들하고 며느리 될 아가씨가 나를 응원하겠다고 하더라.」

숙희는 이런 문자를 남기고 한동안 소식이 없었다. 내 문자를 읽기는 하는데 답은 하지 않았다.

하루하루 속이 타들어 갔다.

✳ ✳ ✳

12월 31일.

금방이라도 내게 달려올 것 같던 그녀는 며칠이 지나도록 소식이 없었다.

오늘도 나는 대답 없는 그녀에게 문자를 보냈다.

「숙희야, 혹시 무슨 일이 있는 건 아니지? 너무 걱정돼서…….」

그런데, 내가 문자를 보내고 얼마 지나지 않아 답장이 왔다.

「주영아, 나는 치료 잘 받고 있으니까, 너무 걱정하지 마.」

며칠 만에 보내온 그녀의 문자였다.

「숙희야, 별일 없는 거지?」

「응, 별일 없어.」

내가 다시 문자를 보내려고 할 때였다.

「주영아, 지금부터는 연락이 안 될 거야.」

「알았어, 사랑해.」

그녀가 치료를 받으러 가는 도중에 문자를 보낸 모양이다. 그래도 연락이 돼서 다행이었다.

오늘은 마을 송년회가 있는 날이다.

나는 점심을 대충 먹고 이장님과 함께 읍내로 갔다. 오십여 명 마을 주민들의 식재료를 사러 가는 것이다.

우리는 정육점에서 고기를 사고, 마트에서 과일이며 먹거리들을 샀다. 그리고 다섯 시쯤 마을로 돌아왔다.

마을로 돌아오는 차 안에서 이장님이 내게 물으셨다.

"지난번에 봤던 그분 말이오."

"예? 누구를 말씀하시는지?"

"거, 우 사장, 고등학교 친구라는 그 아주머니 말이오."

"아, 예? 그런데 그 친구는 왜?"

"그 아주머니도 우 사장처럼 혼자라고 들었는데……, 왜들 그리 청승만 떠냐 이 말이오?"

내가 청승을 떨고 있음을 남들도 알고 있었다.

"우 사장, 내가 칠십 평생 살아 보니 인생 별거 없더라고……, 그러니까 하루라도 빨리 그 아주머니하고 합치라는 말이오."

"이장님도 참……."

나는 식재료를 마을회관에 내려놓고 집 앞에 차를 주차했다. 그리고 다시 회관으로 돌아가려는데……, 아무도 없는 우리 집에서 불빛이 새어 나왔다. 대문을 살짝 열고 집안을 살펴보니 안방에서 나오는 불빛이었다.

"거참, 이상하네. 안방에 불을 켠 적이 없는데……, 내가 착각했나?"

나는 혼잣말을 하면서 안방 쪽으로 갔다. 그리고 혹시 있을지도 모를 누군가에게 물었다.

"거기, 누가 있소?"

역시, 아무 대꾸도 없었다.

나는 전등이라도 끄고 갈 요량으로 방문을 열었다.

이때, 누군가가 튀어나왔다.

"주영아!"

나는 너무 놀라서 뒤로 넘어질 뻔했다.

"수, 숙희야."

"주영아, 어딜 갔다가 이제야 오냐?"

"으, 읍내에……, 근데 너……."

자세히 보니, 그녀가……, 하얀 드레스에 진한 화장까지 하고 있었다.

나는 생각지도 못한 그녀 등장에 말을 잇지 못했다.

그녀가 어리둥절해하는 나를 방 안으로 잡아당겼다.

"주영아, 얼른 들어와, 나 아까부터 기다렸단 말이야."

"숙희야, 왜 연락도 없이 왔어?"

"그야……, 너 놀라게 하려고 그랬지. 호호호……."

“그렇다면 성공했네, 나 정말로 놀랐거든.”

그녀는 무엇이 그리 재미있는지 싱글벙글했다.

“내가 놀라는 것이 그렇게 재미있어?”

“아니, 그런 것이 아니고…….”

“그럼, 왜 자꾸 웃어?”

“너를 보니까, 너무 좋아서…….”

그녀가 민망했는지 내 품에 얼굴을 숨겼다. 병마와 싸우느라 야윈 그녀 어깨가 내 품에 쏙 들어왔다.

나는 그녀의 가녀린 어깨와 등을 토닥여 줬다. 그녀도 내 등을 토닥토닥해 줬다. 우리는 서로를 대견해하고 또 안쓰러워했다.

얼마나 지났을까. 숙희가 갑자기 내 품에서 빠져나갔다. 그리고 무슨 중요한 말을 하려는지, 말까지 더듬었다.

“저, 저, 기, 주영아, 나, 너한테 할 말 있어.”

갑자기 진지해진 그녀 때문에 나도 덩달아 긴장됐다.

“무, 무슨 말인데?”

“나, 오늘, 너한테……., 시집, 온 거다.”

더듬더듬 말을 마친 그녀 양 볼이 붉게 물들었다. 그러더니 다시 말을 이어 갔다.

“나……., 책임질 거지?”

나는 고개를 끄덕였다.

“너, 여기 증인이 없다고, 너무 성의 없이…….”

순간, 내게 좋은 생각이 떠올랐다.

"숙희야, 우리 마을회관에 가자."

"뭐? 갑자기 마을회관은 왜?"

"가 보면 알 거야."

"너, 얼렁뚱땅 넘어가려고……."

나는 이장님께 전화를 걸었다. 그리고 지금의 내 사정을 말씀드리고 도움을 청했다.

"우 사장, 그런 일이라면 어서 오시오."

"예, 알겠습니다."

우리는 달그림자 나란히 드리우고 마을회관으로 향했다.

내 점퍼 주머니 속, 그녀의 손이 내 손을 간지럽혔다. 그리고 깔깔대며 웃었다.

"주영아, 내가 네 손바닥에 뭐라고 썼는지 한 번 알아맞혀 봐."

그녀가 '사' '랑' '해'라고 썼다.

"나도."

이윽고, 마을회관이 가까워지자, 동네 사람들 노랫소리와 웃음소리가 들려왔다.

잠시 후, 나는 그녀와 함께 회관으로 들어갔다.

송년회를 즐기던 동네 어른들 시선이 우리 두 사람에게 집중됐다. 내가 하얀 드레스를 입은 여인과 함께 들이닥쳤으니 그럴 만도 했다.

이때, 동네 어른들 틈에서 이장님이 일어나셨다.

"자, 다들 주목하세요! 에……, 오늘 민박집 우 사장이, 에……, 저 여인하고 혼인했답니다. 그래서 여러분께 인사를 드리고자 한다니 박

수로 맞이해 주십시오.”

동네 어른들이 수군거렸다.

“우 사장! 뭐 해? 어서 동네 어른들께 인사드리지 않고.”

그녀와 나는 멋쩍은 표정으로 동네 어른들 앞에 섰다.

“어르신들, 오늘 제가 이 사람하고 결혼했습니다. 그래서 우리 결혼의 증인이 되어 주십사 부탁드리러 이렇게 왔습니다.”

동네 어른들의 박수와 함께 덕담이 이어졌다.

“우 사장, 축하해.”

“싸우지들 말고 잘 사시오.”

“건강한 것이 제일이여, 아픈데 없이 오래오래 잘 살아야 혀.”

“아직 젊으니까, 아기도 좀 낳더라고, 깔깔깔…….”

“그려, 이 동네에서 아기 낳을 이는 이녁들밖에 없어, 호호호…….”

“우 사장은 어디서 이렇게 예쁜 각시를 데려왔는가?”

“그러게, 우 사장이 재주가 좋구먼, 허허허…….”

동네 어른들은 송년회가 혼인 잔치가 되었다며 좋아하셨다.

숙희도 기분이 좋았는지, 어른들이 주시는 술을 넙죽넙죽 받아 마셨다.

급기야, 취기 오른 그녀가 자진해서 노래를 부르겠다며 마이크를 잡았다.

그녀가 목소리를 가다듬더니 심수봉의 ‘남자는 배 여자는 항구’를 부르기 시작했다. 그런데 그녀가 노래를 너무 잘 불러서 놀랐다. 나뿐만 아니라 동네 어른들도 난리가 났다.

숙희가 간드러지게 '남자는 배~ 여자는 항구~'라고 노래를 마무리
하자, 동네 어른들뿐만 아니라 나도 함성을 질렀다. 그녀에게 이런 끼
가 있을 줄은 정말 상상도 하지 못했다.

이윽고, 왁자지껄하던 혼인 잔치가 끝나고 우리는 집으로 향했다.

집으로 돌아가는 길. 술에 취한 그녀가 코맹맹이 소리를 했다.

"주영아, 나, 너……무 취해서 못 걷겠어. 나 좀 업어 줘."

오늘은 내가 무슨 계라도 탔는지, 그녀의 노랫소리에 더해 어리광까
지 보게 됐다.

"그래. 어서 업혀."

내 등에 업힌 그녀가 혀 꼬부라진 소리로 애교를 부렸다.

"주영아. 나는 너랑 같이 있어서 너……무 좋아. 너도 나랑 있어
서 좋지?"

"응. 나도 좋아."

내 대답이 맘에 들었는지 그녀가 내 목을 끌어안고 좋아했다.

"호호호…….”

"그나저나 숙희야, 아까 이장님이 너한테 뭐라고 하시는 것 같던데."

"아, 맞다. 이장님이 나한테 뭐라고 하셨냐면…….”

그녀가 말하다 말고 뜸을 들였다.

"숙희야, 왜 그래?"

"나……, 살고 싶어…….”

그녀의 살고 싶다는 말이 그동안은 죽고 싶었다는 말처럼 들렸다. 나

는 가슴이 먹먹해서 아무 반응도 하지 못했다.

"수, 숙희야……."

슬픔 어린 그녀의 눈물이 내 목덜미로 흘러내렸다.

"수, 숙희야……."

소리 없는 그녀의 울음 때문에 애가 탔다.

"숙희야……."

나는 아기를 재우듯 그녀를 다독였다.

"숙희야, 그만……."

내 등에 업힌 그녀도, 그녀를 업고 있는 나도 황량한 현실 앞에서 눈물만 흘렸다.

얼마나 지났을까. 그녀가 목소리를 가다듬었다. 그리고 아무렇지 않은 듯 밝은 목소리로 말했다.

"주영아, 너랑 살고 싶어……. 그러니까 날 떠나면 안 돼."

그 옛날, 그녀를 떠났던 나를 원망하는 것처럼 들렸다.

"숙희야. 나는 너를 절대 떠나지 않을 거야. 그러니까, 너도 내 곁에 꼭 붙어 있어. 알겠지?"

"알겠어."

고요하던 골목에 갑자기 바람이 불어왔다.

나는 발걸음을 재촉했다.

"숙희야, 춥지? 내가 얼른 갈게."

"……."

대답이 없어서 살펴보니, 그녀는 잠에 들었다. 이른 새벽부터 여기저기 돌아다니느라 피곤했던 모양이다.

나는 그녀에게 다짐하듯 말했다.

"다시는 너를 떠나지 않을게."

바람이 더 거세게 불었다.

나는 걸음을 더욱 재촉했다.

이윽고, 집에 도착한 나는 그녀를 안방 침대에 뉘었다. 그리고 잠시 바라본 그녀 얼굴이…… 그날처럼 예쁘다.

나는 그녀의 이마와 양 볼에 입을 맞추었다.

그녀가 몸을 뒤척였다.

나는 놀라서 그녀에게서 떨어지려 했다. 하지만, 잠든 줄 알았던 그녀가 내 손을 잡았다.

나는 놀라서 숨이 멎을 뻔했다.

"수, 숙희야. 네가 자는 줄 알고……."

그녀가 내 얼굴을 뚫어져라 쳐다봤다.

나는 민망함에 얼른 자리에서 일어났다.

"수, 숙희야, 나, 나는 이만 가 볼게."

하지만 그녀가 나를 놓아주지 않았다.

"가긴 어딜 간다는 거야."

"그야, 내 방으로……."

"뭐! 첫날밤에 신부를 놔두고 가겠다는 거야? 정말 어이가 없네."

"그, 그런 것이 아니고……."

나는 남녀 간의 정을 잊은 지 오래다.

　　　　　　　　　　　　　　풍경이 있는 민박집

“주영아…… 아.”

끈적한 그녀의 부름에도 나는 마른침만 삼켰다.

“너, 혹시…….”

그녀가 방안의 전등을 모두 꺼 버렸다. 순간, 그녀의 낮은 숨소리와 옷깃 스치는 소리가 들려왔다.

“바스락, 바스락…….”

나는 눈을 감았다.

“주영아.”

그녀 부름에 눈을 떠 보니 달빛에 드러난 그녀가 뒤돌아 앉아 있었다.

“주영아, 뭐 해? 지퍼 좀 내려 주지 않고.”

“어? 어.”

나는 얼른 그녀의 드레스 지퍼를 내려 줬다. 순간, 달빛에 비친 그녀의 속살이……, 하얗게 드러났다.

나는 마른침을 삼켰다.

“주영아, 나, 추워.”

“어? 어.”

내가 뭐라 할 새 없이 그녀가 내 가슴으로 뛰어들었다. 순간, 심장이 쿵 하고 떨어졌다.

“주영아.”

“어, 엉?”

“나, 소원이 하나 있어.”

“소원? 무슨 소원?”

그녀가 조심스럽게 말을 꺼냈다.

"나도 요즘 애들처럼…… 백 일을 기념해 줘."

"백 일?"

"응. 나를 만난 백 일째 되는 날을 기념해 달라고."

"백 일뿐이겠어. 내가 너와 함께하는 모든 날을……."

그녀가 내 입을 막았다. 아니, 그녀가 내 입술을 덮쳤다. 그리고……
그녀의 뜨거운 숨이 내게 밀고 들어왔다.

"으, 으, 음."

순간, 도태된 줄 알았던 나의 본능이 꿈틀거렸다. 그리고 이내 그녀
를 향해 격하게 다가갔다.

"어, 엄마야."

나는 가녀린 그녀 목에, 가슴에 입 맞추고 그녀의 두 봉우리를 탐닉
했다.

"주, 주영아…… 하."

나는 그녀의 숨소리를 따라서 차츰 더 깊은 곳으로 빨려 들어갔다.
순간, 그녀도 나도 비명에 가까운 소리를 냈다.

"허…… 억, 엄마야!"

"혁, 혁, 혁……."

우리는 서로를 그리워한 만큼 긴 호흡으로 사랑을 나누었다.

창문에 걸린 둥근달이 우리를 훔쳐봤다. 애써 드리워 둔 커튼이 무색
하게 달의 시선이 온 방을 더듬었다. 오늘의 달은 관음증 있는 하객이
었다. 그럼에도 우리는 적나라한 숨소리와 몸짓으로 사랑을 나누었다.

내 품에 안겨 있는 그녀……, 부끄러움에 숨조차 참고 있는 그녀…….

"숙희야."

"으, 응?"

"잘 자."

"응……."

피곤했는지 그녀는 금방 잠에 빠졌다.

잠든 그녀 얼굴이 하얗다 못해 창백했다. 그녀 숨소리가 들릴 듯 말 듯 가녀렸다.

"숙희야, 네가 지려는 날보다 하루만 더 살아 줘……, 그렇게 하루하루를 살아내면 봄날이 오겠지."

❋ ❋ ❋

눈을 뜨니, 아직 어둠도 가시지 않은 새벽이었다. 그런데 내 옆에서 자고 있어야 할 그녀가 보이지 않았다.

"숙희…….."

이때, 부엌 쪽에서 소리가 났다. 귀 기울여 보니, 그녀가 아침 식사를 준비하고 있었다.

나는 부엌으로 살금살금 갔다.

그녀는 내가 온 줄도 모르고 음식 준비에 여념 없었다.

“숙희야!”

“엄마야!”

그녀가 깜짝 놀라 국자를 떨어트렸다. 하지만 이내 국자를 집어 들더니 그냥 일만 했다.

“수, 숙희야, 화났어?”

“…….”

나는 조심스럽게 다가가 그녀 얼굴을 살폈다.

“숙희야.”

“얘가 창피하게 왜 그래…….”

그녀 얼굴이 저녁노을은 저리 가라 할 정도로 빨갛다.

“숙희야, 너 어디 아픈 거 아니지?”

“아, 아니야, 그런 거.”

그녀가 어찌할 줄을 몰라 했다.

“너, 혹시…….”

“얘가 창피하게 왜 이래?”

그녀가 얼굴을 숨기고 도망치려고 했다.

나는 그런 그녀를 안아 줬다. 그리고 고백했다.

“사랑해.”

“나도…….”

드디어, 우리가 깊고도 깊은 사랑에 빠졌다. 하지만 그 옛날처럼 허우적대지 않았다.

　　　　　　　　　　　　　　　

오늘은 새해 첫날이다. 그동안은 새해라고 별다른 것 없었는데 올해는 그 기분부터 다르다.

그녀가 떡국을 끓여 왔다.

"주영아, 어서 먹어 봐."

나는 떡국을 한입 떠먹어 봤다. 떡은 적당하게 쫀득하고 눅진한 국물은 적당히 짭조름했다.

"맛있다. 숙희야, 내 입맛에 딱 맞아."

"정말?"

오늘따라 그녀 얼굴이 더욱 환하다.

우리는 식사를 마치고 마실을 갔다.

"숙희야, 동네 어른들께 새해 인사드리러 가자."

"좋아."

아랫마을로 내려가다 보니 시끌벅적한 소리가 들려왔다. 회관에서 신년맞이 윷놀이를 시작한 모양이다.

"숙희야, 우리도 윷놀이에 끼워 달라고 하자. 상품도 있어."

"그래? 그럼 참가해야지."

"윷 나와라!"

사람들이 윷을 던질 때마다 환호성과 탄식이 함께 터져 나왔다.

"와!"

"윷이다!"

"에, 휴……."

"우리 말이 또 잡혔네, 그려."

우리는 무리 속으로 끼어들었다.

"어르신들, 새해 복 많이 받으세요."

"아니, 신랑 신부가 얼라는 안 만들고 여기는 뭐 하러 왔어? 허허허
……."

"그러게, 깔깔깔……."

"호호호……."

숙희는 어른들의 놀림은 아랑곳하지 않고 윷놀이에 끼워 달라고 졸
랐다.

"우리도 윷놀이에 끼워 주세요."

"그려? 그럼, 서울댁은 우리 편 하면 되겠네. 자, 던져 봐."

"네, 어르신."

숙희가 윷을 받아 들었다. 그리고 윷가락 네 개를 신중하게 고쳐 잡
고 높이 던졌다. 순간, 공중으로 날아간 윷가락들이 멍석에 뒹굴었다.

"윷이요!"

"윷이로구나!"

"서울댁이 제법이구먼."

사람들의 박수와 칭찬이 쏟아졌다.

나는 동네 사람들과 스스럼없이 지내는 그녀가 기특했다. 거슬러 생
각해 보니, 그녀는 옛날부터 누구에게도 편견이 없는 그런 아이였다.

그녀는 어른들이 주시는 술을 연신 받아 마셨다.

"숙희야, 괜찮겠어?"

그녀가 한쪽 눈을 찡끗했다.

다행히 그녀는 내 걱정이 무색할 정도로 좋아 보였다. 그래도 나는 간간이 그녀의 술을 가로채서 대신 마셨다.

"윷이야."

"와……."

"도다."

"에고, 또 도여."

말판에서는 쫓고 쫓기는 아슬아슬한 추격전이 벌어졌다.

"와……."

"우리가 이겼다."

왁자지껄, 흥미진진하던 윷놀이가 끝났다.

그녀 얼굴이 홍조를 띠었다.

"숙희야, 이제 집에 가자."

그녀가 어른들께 인사를 드리더니 내 손을 잡았다.

어른들이 우리를 놀리셨다.

"에고, 눈꼴 사나워라."

"보기 좋구먼, 호호호……."

"뭐가 그리 좋을 고?"

"아주, 업어 달라고 하지 그려, 허허허……."

우리는 어른들의 웃음소리를 뒤로하고 회관을 빠져나왔다.

우리가 골목에 이르렀을 즈음 숙희가 걸음을 멈추었다.

"숙희야, 왜 그래?"

“나, 업어 줘.”

두 팔을 벌리고 서 있는 그녀 양손에 경품으로 받은 노란색 냄비와 휴지가 들려 있었다.

“왜? 싫어?”

나는 얼른 그녀 앞에 등을 내밀었다.

그녀가 내 등에 냉큼 올라탔다.

“주영아, 나, 너……무 행복해.”

“동네 사람들하고 노는 것이 그렇게 재미있어?”

“엉. 근데, 그것보다, 어른들이 나를…… 네 아내로 인정해 줘서 너……무 좋아.”

나는 말없이 고개를 끄덕였다.

“주영아, 사랑해.”

“나도.”

우리는 서로의 가슴이 다 받아내지도 못할 만큼의 사랑을 주고받았다.

다음 날.

우리는 아침을 먹고 결혼사진을 찍으러 읍내 사진관으로 갔다.

읍내로 향하는 자동차 안, 숙희가 풀죽은 목소리로 말했다.

“내가 너무 늙어서……, 결혼사진은 좀 그렇지 않아?”

“무슨 소리야, 내 눈에는 예쁘기만 한데.”

“피, 거짓말.”

　　　　　　　　　풍경이 있는 민박집

"정말이야. 동네 어른들도 너는 아직도 젊고 예쁘다고 그러셨다
니까."

"나, 그럼……, 네 말만 믿고 정말 사진 찍는다?"

그녀 목소리가 밝아졌다.

이윽고, 사진관에 도착한 숙희가 옷을 갈아입으러 탈의실로 갔다.

잠시 후, 드레스를 입은 그녀가, 아니 선녀가 나타났다.

나는 놀란 입을 다물지 못했다.

"주영아, 그런 눈으로 보지 마, 창피하단 말이야."

"예쁘다."

창피한 듯 얼굴을 숨긴 그녀……가, 너무, 너무 귀여웠다.

"자, 신랑은 정신 좀 차리고 옷부터 갈아입고 오세요."

이윽고, 사진 촬영이 시작됐다.

결혼사진인 만큼, 사진관 사장님의 요구가 정말 다양했다.

"신랑은 어깨에 힘 좀 빼고 자연스럽게……."

"신랑 신부는 서로 팔짱을 끼세요."

"신랑 신부는 서로 이마를 맞대 주세요."

"다음은……."

사장님은 시간이 갈수록 우리에게 더 과감한 포즈를 요구했다.

"신랑 신부는 마주 보고, 서로에게 그윽한 눈길을 보내세요."

우리는 서로를 바라보다 웃음이 터지고 말았다.

"자, 자, 웃지 마시고, 가만히……, 좋습니다. 하나, 둘, 셋."

"다음은 두 분이 입을 맞추세요."

이 말이 떨어지기 무섭게 그녀가 내게 다가와 입을 맞추었다.

"좋습니다. 제가 그만이라고 할 때까지, 그러고 계세요. 하나, 둘, 셋."

나는 민망해서 죽겠는데, 그녀는 이 상황을 즐겼다.

"자, 이제 모두 끝났습니다. 신랑, 신부 두 분 모두 고생하셨습니다."

길고 긴 사진 촬영이 끝났다.

"나, 지금 너무 행복해서 죽……. 아니다. 퉤퉤퉤."

그녀가 내뱉은 말을 취소하려는 듯했다.

나는 못 들은 척해 줬다.

우리는 촬영을 모두 마치고 사진관을 나왔다.

"주영아, 모델 노릇 좀 했더니 배가 너무 고프다. 우리 국밥 먹으러 가자."

"그러자."

우리는 예전에 갔던 그 국밥집으로 가서 점심을 먹었다.

"주영아, 우리 소화도 시킬 겸 장터 한 바퀴만 돌자."

"그래."

이때, 어디선가 경쾌한 트로트가 흘러나왔다.

그녀가 소리가 나는 쪽으로 나를 끌고 갔다.

그곳에는 시골장의 명물 '만물상'이 열려 있었다.

그곳에 모여 있는 사람들은 진열된 물건보다 아저씨의 걸걸한 입담에 더 관심을 보였다.

"자! 할아버지, 할머니, 언니, 오빠 할 것 없이, 이쪽으로 모두 모이세요. 우리 만물상으로 말할 것 같으면…… 수제 면봉부터 스팀다리미까지, 없는 것 빼고는 다 있어! 화장실 변기가 꽉 막혔을 때는 뚫어…… 뻥! 3단, 4단 조절이 가능한 최첨단 빨래 건조대까지, 없는 것 빼고는 다 있어, 자! 골라, 골라, 골라……, 아줌마도 골라, 아저씨도 골라……."

숙희는 스피커에서 흘러나오는 경쾌한 음악에 맞춰 어깨를 들썩거렸다.

주차장으로 돌아가는 그녀 손에 파란색 모종삽이 들려 있다. 내년 봄에 꼭 필요하다면서 만물상에서 산 것이다.

우리는 우리에게 주어진 해의 시간과 달의 시간을 만끽했다.

봄밤에 빛나는 별

꽃잎이 떨어졌다.

그녀가 멀어졌다.

봄을 재촉하는 눈이 온다.

봄을 기다리던 그녀가 운다.

봄밤에 빛나는 별

봄밤에 우는 나.

창가에 봄볕이 기웃거리고, 처마에 제비가 날아들었다. 하지만, 그녀가 고대하던 봄날에 나 혼자 나아가기가 미안하다.

만물이 해를 쫓는 초봄이 가고, 그 볕으로 온몸이 나른해지는 늦봄이다.

나는 겨우내 돌봐 왔던 튤립을 그녀가 볼 수 있도록 마당 벤치에 올려놨다.

숙희.

내게 백 일을 기념해 달라던 그녀는 정말 백 일이 지나고 얼마 지나지 않아 내 세상을 떠났다.

나는 이제 민박 손님을 받지 않는다.

나는 이제 커피를 마시지 않는다.

나는 이제 아무것도 하지 않는다.

나는 오늘도 그녀의 발자취가 만들어 낸 반들반들한 오솔길을 따라갔다. 길가에는 그녀가 고대하던 봄꽃이 얼굴을 내밀었다.

나 혼자 봄을 맞이하려니 눈물이 났다.

몇 시인지 알 수 없는 새벽.

창틈으로 새 들어온 달빛으로 그녀가 웃었다.

"숙희야."

부르기만 해도 가슴 아픈……, 그래도 자꾸만 부르게 되는…….

"사랑해."

눈을 감아도 잠을 이룰 수가 없다.

밥을 먹어도 목을 넘길 수가 없다.

불면의 밤에 너를 떠올리면 아프고 또 나름 좋기도 하다.

대문 두드리는 소리가 들렸다.

나는 환청이려니 생각하고 다시 눈을 감았다.

"우 사장! 안에 있어?"

나는 겨우 일어나 밖을 내다봤다. 이장님이었다.

"이장님께서 웬일로……."

"이이고, 이 사람아, 몰골이 이게 뭔가?"

"……."

"동네 사람들이 자네 걱정을 얼마나 하는지……. 어서 털고 일어나게."

"……."

"아이고, 내 정신 좀 보게……. 여기, 동네 사람들이 음식을 좀 준비했네."

이장님이 음식 보따리를 내밀었다.

"……."

"우 사장이 잘 살아야 먼저 가신 저분도 마음이 평안하지 않겠는가."

이장님이 내 등을 어루만지셨다.

"아, 알겠습니다."

이장님이 벽에 걸린 액자를 유심히 보시더니 말씀하셨다.

"자네 부인이 하도 명랑해서 그때는 몰랐는데, 그 병의 통증이 무척

심하다더라고……, 그래도 자네 덕에 그 고통을 견뎌 냈을 것이네.”

순간, 정신이 번쩍 들었다. 내 덕이라니? 정작 그녀가 병마와 싸울 때는 곁에 있어 주지도 못했는데…….

이장님이 집으로 돌아가신 뒤, 나는 곱씹었다.

“내 덕이라니……. 정작 그녀가 병원에 있을 때는 아무것도 해 준 것이 없는데…….”

그녀 병상 옆에 앉아서 책이라도 읽어 줄걸 그랬다, 아침이면 세수도 시켜 주고 예쁘다고 말해 줄걸 그랬다. 고통어 몸부림치면 안아 주고 ‘괜찮아질 거야’라고 뻔한 거짓말이라도 해 줄걸 그랬다. 마침내 나를 떠나는 그녀에게 사랑한다고 고백하고 목 놓아 울어 줄걸 그랬다.

후회 가득한 나의 봄날이 하루하루 지나갔다.

신기루 같은 그녀의 봄날이 하루하루 사라져 갔다.

* * *

요 며칠 자꾸 전화가 걸려 왔다.

민박집은 당분간 휴업이라 공지해 뒀으니 쓸데없는 전화라 생각하고 나는 거들떠보지도 않았다.

오늘도 휴대폰 진동음이 계속 울려 댔다. 누군지 모르지만, 받지 않으면 그만둘 일이지, 끝장을 보려는 듯 전화를 했다.

나는 휴대폰 화면을 들여다봤다. 그리고 놀라서 벌떡 일어났다. 발신자가 그녀였기 때문이다.

나는 떨리는 목소리로 전화를 받았다.

"여, 여보세요, 누, 누구세요?"

"저는 '이' 자 '숙' 자 '희' 자 되는 분의 아들입니다. 그간 안녕하셨어요?"

"아, 아……."

"제가 여러 번 전화를 드렸는데 받지 않으셔서, 오늘은 제 어머니가 쓰시던 전화로 연락드렸습니다."

"아, 아……."

나중에 내 전화기의 통화 목록을 살펴보니, 십여 통의 부재중 전화번호가 표시되어 있었다.

"사장님, 혹시 이번 주말에 집에 계시나요?"

"내가 요즘 집에 있기는 합니다만, 무슨 일로……."

"이번 주말에 찾아뵐까 해서요. 사장님께 전해 드릴 물건도 있고, 또 드릴 말씀도 있어서요."

그녀의 아들이 나를 찾아오겠다고 한다. 그녀와 관련된 일일 거란 생각이 들었다.

토요일. 아침나절 그녀의 아들이 나를 찾아왔다.

"사장님, 그간 안녕하셨어요?"

"어서 와요."

숙희라는 접점이 있다고 하지만 우리 두 사람의 관계는 모호하다. 그래서 인지 나도 이 젊은이도 선뜻 입을 열지 못했다.

"저, 기, 젊은이, 내가 커피를 내올 테니 잠시만 기다려요."

"예? 예."

나는 커피를 내리기 위해 부엌으로 가서 찬장을 열었다. 익숙한 유리병 하나가 눈에 들어왔다. 몇 달 전, 그녀와 마시려고 갈아 놨던 그 커피였다. 뚜껑을 열었더니 진한 커피 향이 아직도 그대로였다. 그녀와 함께 마시지 못한 커피를 오늘 그 아들과 함께 마시게 됐다.

오늘도 그녀는 진한 커피 향으로 나를 슬프게 했다.

"내 정신 좀 보게, 밖에 사람을 기다리게 해 놓고……."

나는 커피를 내려서 밖으로 나갔다.

"젊은 사람이 이런 커피도 좋아할지 모르겠네."

"커피 향이 좋은데요. 사장님."

나는 마루에 걸터앉아 마당을 내려다봤다.

"사장님, 튤립을 내놓으셨네요?"

튤립 꽃망울이 살짝 올라와 있었다.

"그래, 젊은이가 내게 온 용건이 무어요?"

젊은이가 대답 대신 내게 무언가를 내밀었다. 자세히 보니 그녀가 생전에 쓰던 전화기였다.

"아저씨, 제가 어머니의 전화를 해지하려다가 무언가를 보게 됐습니다. 어머니의 일기 같기도 하고, 아저씨에게 보내는 편지 같기도 해서……, 이렇게 가지고 왔습니다.”

젊은이가 내게 전화기와 함께 작은 상자 하나를 더 주고 돌아갔다.

상자 안에는 그녀 영정으로 쓰였던 사진과 예쁜 털모자가 미완성인 채로 들어 있었다. 그리고 그녀 아들이 쓴 편지도 있었다.

「저의 어머니는 당신의 고통스러운 모습을 아저씨에게만은 보여 주고 싶지 않아 하셨어요. 그랬던 어머니도 마지막 숨을 놓으실 때는 아저씨 이름만 되뇌셨습니다. 그러니, 아저씨도 너무 애통해만 하지 마시고 제 어머니를 추억해 주세요.

그리고 어머니께서 생전에 ‘아저씨를 가끔 들여다봐 달라’고 제게 당부하셨습니다.

저는 어머니 말씀대로 아저씨를 종종 찾아뵐 것입니다.」

그녀가 세상을 떠난 날. 나는 넋이 나간 채 그녀 앞에 섰다.

나의 뜨거운 눈물 넘어 그녀가 환하게 웃고 있었다.

“수, 숙희야…….”

그녀 아들이 나를 부둥켜안고 울었다. 나도 소리 내서 울고 싶었지만 묵직한 서러움이 목에 걸려 괴이한 소리만 냈다.

“꺼, 어, 어…… 억.”

그녀에게는 단 하나의 혈육과 단 하나의 사랑이 함께 슬퍼하는 모습이었을 것이다.

“수, 숙희야…….”

고등학교 졸업앨범에 있던 그녀 영정사진이 초승달 모양 눈으로 웃었다.

"수, 숙희야."

내 그리움의 끝에서 첫사랑으로 살다 간 그녀가 너무 미웠다.

"수, 숙희야."

내 그리움마저 닿을 수 없는 곳으로 가 버린 그녀가 정말 미웠다.

"사랑해……."

✳ ✳ ✳

잡초 무성한 마당에 잠자리와 나비가 날아들었다. 아이러니하게도 내 손이 닿지 않은 마당에 새 생명이 찾아들었다.

죽고 싶은 나는 어쩌라고 예쁜 나비, 고추잠자리가 하늘하늘 날아다녔다.

에어컨을 고치러 온 기사가 나를 타박했다.

"사장님, 잡초 좀 뽑으세요. 실외기에 풀이 뒤덮여서 에어컨이 자꾸 멈추잖아요."

"……."

나는 에어컨 기사를 보내고 얼른 에어컨을 켰다.

내게 무심한 줄 알았던 계절은 참을 수 없는 더위로 나를 또 살
게 했다.

나는 여름이 싫다. 그녀를 추억할 일이 없어서 싫다.
아니다. 그녀의 여름이 생각났다.
"주영아, 돌아오는 여름에는 요 앞 개울로 다슬기 잡으러 가자."
내일은 버들치 노니는 개울가로 나가 봐야겠다.

길가 코스모스가 한들거리고 나팔꽃이 담장을 타고 오른다.
그녀의 여름이 천천히 저물어 간다.

봄이 가고 여름이 가도 나는 그녀를 벗어날 수 없어서 다행이다.

그녀의 일기

가을이 돌아왔다.

10월 1일. 나는 떨리는 손으로 그녀의 휴대폰을 열었다.

「10월 1일.

오늘은 시골 민박집에 가기 위해 아들과 함께 집을 나섰다. 어둠이 채 가시지 않은 새벽하늘엔 구름이 가득했다.

내가 가려는 민박집에는 대청마루 뒤편으로 커다란 창이 하나 나 있는데, 그 창을 통해 사계의 목가적 풍경이 그림처럼 드러났다. 그래서인지 상호도 '풍경화 민박집'이었다.

군청 홈페이지에는 이 민박집 소개 글과 사시사철 사진이 여러 컷 올라와 있었다. 그중에도 형형색색 코스모스길이 제일 예뻤다. 나는 그 길을 걸어 보고 싶어서 이 민박집을 선택한 것이기도 하다.

아들과 나는 자동차로 두 시간 정도 달려서 민박집이 위치한 동네 어귀에 도착했다.

　그런데 차창으로 보이는 민박집 사장님이 내가 알던 사람과 닮아 있었다. 하지만, 이내 그럴 리가 없다 생각했다.

　민박집에 도착해 보니, 정말 집 뒤편 언덕에 그림 같은 코스모스길이 있었다. 나는 무언가에 홀린 듯 그 길을 따라갔다. 작은 바람에 하얀, 보라, 노랑 코스모스가 한들거렸다. 은은한 향기와 상쾌한 바람만으로도 병마에 찌든 내 몸이 정화되는 느낌이었다.

　코를 찌르는 소독약 냄새도, 의료기의 굉음도 들리지 않는 이 공간에서 살고 싶다.」

「10월 3일.

　요 며칠은 견딜 만하더니, 어젯밤부터는 통증이 더 심해졌다. 웬만하면 약 없이 견뎌 보려고 했지만, 그럴 수가 없었다. 나는 결국 약을 먹고서야 잠을 이룰 수 있었다.

　나는 가끔 암세포가 내가 먹는 약을 회유해서 모두 배설시키는 것은 아닌지 의심이 들었다. 그렇지 않고서야 이렇게 차도가 없을 수 없기 때문이다.

　오늘도 나는 아침을 먹자마자 한 움큼의 약을 입안에 털어 넣었다.」

「10월 8일.

　정말 그놈이었다. 나는 그놈을 알아본 순간 콱 죽어 버리고 싶었다. 아니 그놈을 죽여 버리고 싶었다. 그럼에도 그놈을 그리워하던 날들이 자꾸 떠올라 미치는 줄 알았다.

 　　　　　　　　　　　　　　　　　　　　　　　　풍경이 있는 민박집

수십 년이 지난 오늘도 그놈은 나를 바라보지 않았다.」

「10월 12일.
요즘 그는 새벽같이 집을 나갔다가 늦은 저녁에야 돌아왔다. 나를
피하는 것이다.
나쁜 놈.」

「10월 13일.
그놈과 함께 마을 산책에 나섰다. 하지만, 오늘도 그놈의 뒤만 쫓는
나 자신을 발견하고 화가 났다. 그래서 그놈에게 '왜 나를 떠났는지'
따져 물었다. 하지만, 그놈은 대답은커녕 내 눈길마저 피했다.
나는 그 대답을 꼭 들어야 했기에 좋은 말로 달래도 보고 애원도 해
봤다. 그런데, 이놈이 다짜고짜 내가 보고 싶었다는 것이다.
나는 이성을 잃고 '그런 놈이 왜 떠났느냐?' 고래고래 소릴 질렀다.
하지만 그놈은 대답하지 않았다.」

「10월 14일.
그놈이 내 생일을 기억하고 있었다. 그 많은 세월이 지났는데도 그
놈은…….
다시는 그놈 앞에서 울지 않겠다고 다짐했지만, 이미 내 눈에는 눈
물이 고였다.」

「10월 15일.

오늘은 아들이 주말 동안 나와 함께 지내려고 내려왔다.

아들은 이 세상에 단 하나뿐인 내 혈육이다. 아들만 생각하면 미안하고 또 가슴 아프다.

나는 아들과 함께 동산에 오르면서 노래를 불렀다.

"코스모스 한들한들 피어 있는 길…….

향기로운 가을 길을 걸어갑니다.

기다리는 마음이 초조하여라,

단풍 같은 마음으로 노래합니다.

깊어진 한숨이 이슬에 맺혀서……"

"엄마는 왜 노래를 거기까지만 부르세요?"

그다음 노래는 목이 메어서 부를 수가 없다. 하지만 그 이유를 아들에게 말해 주지 못했다.」

「10월 17일.

나를 사랑한다는 그놈의 말에 화가 났다. 화가 치미는데도 자꾸 눈물이 나서 미치는 줄 알았다. 삼십 년을 훌쩍 넘어 대면한 그놈이 사랑이라서 서럽고 또 서러웠다.」

「10월 18일.

내 평생 그리워하던 이를 만났는데도 가슴 아프다. 나의 설움이 사랑이었음에도 가슴 아프다. 하지만, 나는 그 사랑을 절대 놓지 않을 것이다.」

「10월 19일.

어젯밤, 나는 그의 무릎을 끌어안고 잠들었다. 약을 먹지 않고도 숙면한 것도 신기한데 꿈까지 아늑했다.

아침에 눈을 뜨니, 그 옛날 그 아이가 나를 향해 환하게 웃었다.」

「10월 20일.

주영이는 책 읽는 틈틈이 내 머리칼을 쓰다듬었다.

주영이는 책 읽는 틈틈이 내 볼을 만지작거렸다.

주영이는 책 읽는 틈틈이 내게 웃어 줬다.

두근두근, 첫사랑이 더없이 달콤하다.

살고 싶다.」

✳ ✳ ✳

「11월 1일.

서울로 돌아가는 날이다.

나를 바라보는 그의 두 눈에 쓸쓸함이 가득했다.

우리는 아침 식사를 마치고 뒷동산에 올랐다. 짙어진 가을만큼이나 내 마음도 무거웠다.

　나는 그를 동산에 두고 내려오는 내내 울었다. 하지만, 내가 슬퍼하는 모습을 들킬까 봐. 눈물도 훔치지 못했다.

　주영아, 네가 너무 오래 기다리지 않도록 금방 돌아올게. 사랑해.」

「11월 9일.

　나는 서울 집으로 돌아온 며칠 뒤 병원에 입원했다. 입원 첫날부터 간호사가 채혈을 해 가고 또 MRI실로, CT실로 끌고 다녔다. 네가 있는 그곳으로 당장 돌아가고 싶다.」

「11월 11일.

　내 담당의는 나하고 대화하지 않는다. 언제나 아들만 불러서 따로 이야기하고 그냥 가 버린다. 정작 내 몸 상태가 궁금한 것은 나지만 아들도 담당의도 내게 아무것도 알려 주지 않는다. 그래도 나는 알 수 있었다.」

「11월 15일.

　너무 아파서 차라리 죽고 싶었다. 그래서 울부짖었더니, 간호사가 내 혈관에 차가운 액체를 주입했다.

　내 생애 가장 행복한 시간에만 존재하는 주영아, 병마와 싸우는 지금도 너만 생각하면 더러더러 행복하단다.」

　　　　　　　　　　　　　　　　　　풍경이 있는 민박집

「11월 18일.

겨우 잠들려는 찰나 알코올 냄새가 코를 찔렀다. 그리고 이내 차가운 약물이 혈관을 타고 들어왔다. 정신이 번쩍 들었다.

저들은 시도 때도 없이 내 몸에 무언가를 주입한다. 내가 책을 읽을 때도, 잠을 잘 때도……. 나는 그럴 때마다 무덤덤한 척했다. 하지만, 나도 소름이 돋을 정도로 무섭고 아프다.

주영아. 꽃향기 가득한 그곳에서 너와 함께 살고 싶다. 그리고……, 안 되는 줄 알지만……, 너의 품에서 지고 싶다.」

「11월 22일.

주말도 아닌데, 내 아들과 아들의 애인이 나를 보러 왔다.

아들이 나를 휠체어에 태우고 병원 앞 정원을 거닐었다.

아들이 내게 하고 싶은 것이 있느냐고 물었다. 순간, 머릿속이 하얘지면서 내 삶도 이제 희미해졌음을 느낄 수 있었다.

나는 아이들에게 오래전 우리의 인연과 그 인연이 다시 닿았음을 말해 줬다.」

*** * ***

「12월 31일.

이른 아침, 나는 아이들이 미리 준비해 준 드레스에 화관까지 머리에 쓰고 차에 올랐다. 차가 고속도로에 진입하자 가슴이 먹먹하고 눈물이 났다.

자동차는 눈 덮인 들판을 빠르게 달려 그의 집에 도착했다. 하지만 그는 집에 없었다. 어딜 갔는지 그의 승용차도 보이지 않았다.

나는 대문을 살짝 밀었다. 그러자 스르륵 열렸다. 문을 잠그지 않은 것이다.

나는 애들을 돌려보내고 안방으로 갔다. 그리고 키패드를 눌러 봤다. 비밀번호가 그대로였다. 안방 불을 켜 보니, 내가 떠나던 날 모습 그대로였다.

나의 흔적을 남겨 둔 너의 심정을 알기에 가슴이 미어졌다.」

「1월 1일.

낮 뜨거운 꿈에서 깨어 보니 네가 내 옆에 있었다.

나는 믿기지 않아서 너의 가슴에 귀를 가져다 대 봤다.」

「주영이 결혼사진을 찍자는 말에, 나는 못 이기는 척 따라갔다.

우리는 사진관 사장님의 짓궂은 포즈를 모두 취했다. 주영이 볼에 뽀뽀도 해 주고, 등에 업히기도 했다. 나는 기분이 너무 좋아서 이제 죽어도 소원이 없다고 말할 뻔했다.

다행히 주영이가 듣지 못했는지 입 모양으로 내게 '사랑해'라고 했다.

주영아, 나도 사랑해, 그래서……, 미안해.」

「이른 아침, 나는 주영의 달콤한 입맞춤에 눈을 떴다.

"사랑해."

너의 사랑이…… 가슴 아파 눈물이 났다.」

「오늘은 결혼사진을 찾으러 사진관에 갔다.

주영이가 사진 한 장을 유심히 보더니 민망한 듯 웃었다. 주영이가 내 이마에 입맞춤하는 사진이다.

사장님이 마치 영화 속 한 장면 같다면서 사진관에 걸어 놓고 싶어 하셨다.

주영이가 창피하다며 거절했지만 내가 허락했다.

"주영아, 이제 우리의 결혼을 읍내 사람들까지 다 알게 됐네. 호호호……."

"허허허……."

집으로 돌아온 주영이가 사랑방 한쪽 벽에 사진을 걸었다. 내가 주영의 넥타이를 잡아당기며 웃고 있는 사진이었다.

주영이 사진을 걸어 놓고 이렇게 말했다.

'이 사진에는 내 첫사랑의 미소가 담겨 있거든…….'」

「오늘은 주영이가 잔치국수를 만들어 줬다.

국수에 고명으로 얹은 애호박과 당근이 아삭아삭하고 국물도 감칠 맛이 났다. 그의 솜씨라기에는 믿기지 않을 정도로 맛있었다.

오늘도 주영이는 나만 바라봤다.

주영아, 나도 사랑해.」

「요즘은 식사 준비에서 설거지까지 주영이가 모두 도맡아 하고 있다.

설거지를 마친 주영이가 내게 다가와 이렇게 말했다.

"숙희야, 이제껏, 내가 너 없는 세상을 어떻게 살았는지 모르겠어……."

주영아. 오늘처럼 햇살 가득한 날에도 내 가슴은 왜 이렇게 시리기만 한 걸까.」

「주영이가 여행을 가자고 했다. 내일이라는 말에 잠시 당황했지만, 그의 눈치를 보니 이미 준비해 놓은 것 같았다.

지난 몇 년 동안은 나는 여행을 가 본 적이 없다. 그래서 걱정이 좀 앞서지만 그래도 꼭 가고 싶었다.」

「우리는 차를 타고 세 시간이 넘도록 남쪽으로 달렸다. 비록 한겨울 이지만, 남쪽이라는 어감에서 따스함이 느껴졌다.

우리가 도착한 곳은 남해의 어느 펜션이었다.

나는 봄을 좋아하지만, 여름을 기다리고, 가을을 사랑하면서도 겨울

을 고대하는 줏대 없는 인간이다. 하지만 지금은 단 하루만이라도 좋
으니, 봄날을 살고 싶다.

　나는 내 생에 다시 없을 봄날을 간절히 소원했다.」

「주영이가 붉은, 노랑, 연분홍 장미꽃 백송이를 내게 내밀었다.

　나는 놀라서 입을 다물지 못했다. 그리고 이내 이 겨울에 어디서
이 많은 꽃을 구했을까? 또 오늘이 무슨 날이라도 되나? 라는 생각
을 했다.

　"지난 백 일 동안, 내 곁에 있어 줘서 고마워……. 앞으로도 영원히
내 곁에 있어 줄 거지?"

　순간, 정신이 번쩍 들었다. 그럼에도, 나는 '그럴게'라고 대답했다.」

「아들과 함께 병원에 다녀왔다. 담당의가 내게 한두 달의 시한부를
구형했다. 그나마 병원에 입원해야 그렇다는 것이다. 그래서인지 요즘
들어 통증이 더 심해졌다. 하지만 그의 앞에서 아픈 티를 낼 수 없었다.

　주영이가 내 고통마저 추억할까 봐 너무 무섭다.」

「오늘은 손이 떨려서 약을 떨어뜨렸다.

　주영이가 달려와 내게 약을 먹여 줬다. 그리고 나를 안아 주며 사랑을
속삭였다.

　오늘에서야, 너를 내 짧은 생으로 끌어들인 것을 후회했다.」

「어젯밤, 소리도 없이 눈이 오셨다.

주영이 나를 업고 새하얀 오솔길을 걸었다. 그런데, 주영의 등이 자꾸만 들썩거렸다. 이상해서 그의 얼굴을 만져 보니 눈물범벅이었다.

그의 소리 없는 울음에 숨이 막혔다.」

「한밤중에 옆을 보니 주영이가 보이지 않았다.

일어나 마당으로 난 창문을 보니, 달빛도 차가운 겨울밤에 주영이가 하늘을 우러러 울고 있었다.

내 욕심 때문이다. 하지만 이제 와 후회한들 무슨 소용이겠는가.

잠시 후, 주영이가 방으로 들어오기에 나는 눈을 감고 자는 척했다.

주영이 내 이마와 두 눈, 그리고 입술에 입을 맞추었다.

나는 그의 품에 뛰어들어 목 놓아 울었다.」

「주영이가 내게 두툼한 파카에 털 장화까지 신기고 어디론가 데려 갔다.

나를 데려간 곳은 동네 어귀에 있는 빙판이었다. 빙판이 된 논에는 아이와 어른들이 썰매를 타고 있었다.

주영이 썰매를 빌려서 나를 곱게 태우고 조심조심 끌었다.

나는 장난기가 발동해서 다른 아이들을 불러 모아 내 뒤에 매달리게 했다.

여러 대의 썰매를 끄느라 낑낑대던 주영이가 뒤를 돌아보며 웃었다. 요 며칠은 보지 못했던 그의 환한 미소였다.」

 풍경이 있는 민박집

「한밤중이 되자 눈보라가 몰아쳤다. 날카로운 바람이 창을 두드렸
다. 그럼에도 나는 그의 품에서 스르륵 눈이 감겼다.

　주영아, 이대로 네 품에서 지고 싶구나.」

「새벽부터 시작된 통증이 약을 먹어도 가라앉지 않았다.

　읍내 병원에서는 아무것도 해 줄 것이 없다고 했다. 순간, 주영이 얼
굴이 사색이 되었다. 주영이도 내 삶이 얼마 남지 않음을 짐작했을 것
이다. 그럼에도 그는 어찌할 줄 몰라 했다.

　이제라도 나는 너에게서 멀어져야겠다.」

「"사랑해, 사랑해, 사랑해, 사랑해……."

　주영이의 고백에 잠이 깼다. 하지만 나는 모른 척 눈을 뜨지 않았다.
그랬더니 네가 보고 싶어서 눈물이 났다.」

「내일이면 서울로 돌아간다.

　가지 말라 투정 부리는 주영이를 재우고 나는 울음을 삼켰다.

　이때, 그의 어깨가 들썩거렸다. 소리 없는 울음이 얼마나 고통스러
운지 예전에는 미처 몰랐다.

　소리 없는 우리의 울음이 방 안에 울려 퍼졌다.」

✳ ✳ ✳

「이곳은 최악이다. 죽음을 목전에 둔 이의 마지막 기억에 오직 기계음만 남게 하는 이곳은 정말 최악이다.

주영아. 오늘따라 책을 읽어 주던 너의 목소리가 더 그립구나.」

「주영아, 내가 지고 나면, 며칠만 슬퍼하고 나를 잊어 줘.」

「주영아, 내가 지고 나면, 며칠은 좀 그렇고, 조금만 더 슬퍼해 주면 좋겠어. 그 대신……, 나중에 다른 사람을 만나더라도 질투하지 않을게.」

「매 순간, 이 고통이 끝나기를 소원하면서도 내일을 기다리는 나는…… 누구를 기다리는 걸까?」

「주영아. 오늘은 내가 여기저기를 두리번거렸더니, 아들이 너를 찾느냐고, 너를 불러 주냐고 묻더라. 순간, 마음이 잠시 흔들렸단다. 너를 보는 상상만으로도 행복해졌기 때문이다. 하지만 나는 고개를 가로저었단다.」

「주영아. 한밤중, 복도에서 발걸음 소리라도 들리면 나는 귀를 쫑긋 세웠다. 내가 양심도 없이 너를 기다린 것이다.」

 풍경이 있는 민박집

「주영아. 나의 고통을 너에게 보여 주지 않겠다던 다짐을 번복하고 싶다. 나라는 악몽이 너의 단꿈을 해치는 한이 있더라도 지금 당장 너의 품에서 잠들다 지고 싶다.」

「의사 선생님과 아들이 이야기를 나눴다. 저들의 표정에서 나의 내일은 보이지 않았다.
주영아, 나, 무서워.」

「주영아. 내가 지고 나면, 너의 가슴에 나를 꼭 각인해 줘, 그리고 나 아닌 그 어떤 이도 품지 말아 줘. 내 유언이야.」

「기계음에 놀라서 눈을 떴다.
주영아, 내가 지고 나면 나를 위해 삼 일만 울어 주고, 남은 생은 나 대신 행복하게 살아 줘.」

「주영아. 너의 품에 잠들어 깨지 않기를 바란 적이 한두 번이 아니었다. 이기적인 줄 알면서도 그리되기를 간절하게 빌고 또 빌었단다. 하지만 지금은 네가 보고 싶어 죽지도 못하겠다.」

「살려 줘, 주영아.」

「나는 오늘도 부르지 않은 너를 기다리다 혼자 울었다.」

「코스모스길…….

너와의 추억으로 내 죽음은 완벽해질 거야.」

「폭풍이 지나간 듯 고요하다. 눈을 떠 보니 담당의가 우리 아들을 데리고 복도로 나갔다.

한참 만에야 돌아온 아들의 눈가에 눈물 자국이 선명했다. 가여운 우리 아들…….」

「이처럼 고통스러운 중에도 너에 대한 그리움이 엄습해 왔다. 그래서 더 아프고 서글프다.」

「기억이 산산이 흩어져 가지만, 너의 미소는 더 선명해졌다. 사ㄹㅏㅇ해」

「주ㅇㅕㅇ아, 내기어ㅋ이사라지려고…….」

「손이떠ㄹ……. 사랑해사랑ㅎㅅㄹㅎ.」

「ㅅㅏㄹㅏㅇㅎ」

「ㅅㄹㅎ」

「ㅅㄹㅎ」

「ㅅㄹㅎ」

「ㅅㄹㅎ」

「ㅅㄹㅎ」

「ㅅㄹㅎㅅㅁㅇㅎ」

   매일 유서 같은 일기를 쓰던 그녀가 마지막 암호를 남기고 나의 세상을 떠났다.

   사진 속 그녀가 웃고 있다.
   뒷짐 지고 내 볼에 입 맞추는 숙희.
   내 목을 끌어안고 해맑게 웃는 숙희.
   내 등에 업혀서 만세를 부르는 숙희.
   내 무릎에 앉아 부끄러워하는 숙희.
   나를 사랑하는 숙희, 내가 사랑하는 숙희.
   사진 속 그녀가 내게 말했다.
   "……."
   "나도."

   그녀가 내 삶에 다녀간 이유는…….

내 가슴에 사는 그녀.

내 마음에 봄이 오면 그녀가 피어나고, 내 마음에 가을이 오면 그녀도 집니다.

겨울이 오면 눈을 감았다가 지저귀는 새소리에 눈뜨면 그녀의 봄이랍니다.

그녀의 봄, 여름, 가을, 겨울이 오늘도 지나갑니다.

나의 가슴은 텅 비었다

어느덧 내 나이 스물아홉.

토요일 오후. 나는 커피숍 구석에 앉아 누군가를 기다렸다.

"혹시, 우주영 씨?"

"예, 제가 우주영입니다."

"안녕하세요. 저는……."

그녀는 중학교 선생님이고 나이는 스물여섯이었다. 얼굴도 예쁘고 상냥했다.

그녀는 선을 보는 내내 밝은 목소리와 교양 있는 태도로 나를 대했다.

"주영 씨, 나중에 또 봐요."

그녀가 나중에 보자고 했다. 하지만 나는 그녀의 말을 믿지 않는다. 예전 다른 아가씨들도 나중에 연락하겠다거나, 나중에 보자고 했지만, 항상 그걸로 끝이었다.

나는 집으로 돌아와 어머니에게 다시는 선 자리에 나가지 않겠다고 선언했다.

그런데, 며칠 후, 그녀가 정말 내게 연락을 해 왔다. 내가 말수가 적고 듬직해 보여서 맘에 들었다는 것이다. 이제까지 나하고 선봤던 아가씨들과는 정반대의 반응이었다.

"그 남자요? 무뚝뚝한 건지, 무심한 건지, 아무튼 답답해 죽는 줄 알았어요."

"그 사람은 정신이 다른 곳에 가 있는 사람처럼 보였어요."

"그 사람 혹시 딴 여자 있는 것 아니에요?"

대부분의 아가씨는 이런 트집을 잡아서 나를 퇴짜 놨다.

나는 그녀와 선을 본 지 반년 만에 결혼했다. 하지만, 그녀는 한 해 동안 나를 이해해 주고 또 한 해 동안 나를 미워했다. 그리고 이듬해에는 그 미움조차 사라졌다면서 나를 떠났다.

착하디착한 그녀조차 나의 텅 빈 가슴에서는 살지 못했다.

봄꽃으로 피어난 그녀는 가을빛으로 살다가 눈꽃처럼 사라졌다.

풍경이 있는 민박집

그리움의 끝에서

이준우

풍경이 있는 민박집

ⓒ 이준우, 2025

초판 1쇄 발행 2025년 12월 31일

지은이   이준우
펴낸이   이기봉
편집   좋은땅 편집팀
펴낸곳   도서출판 좋은땅
주소   서울특별시 마포구 양화로12길 26 지월드빌딩 (서교동 395-7)
전화   02)374-8616~7
팩스   02)374-8614
이메일   gworldbook@naver.com
홈페이지   www.g-world.co.kr

ISBN   979-11-388-5140-4 (03810)